검돌베개 고요쯤에

검돌베개 고요쯤에

박노동 시집

문학들

시인의 말

내 삶에서 일차적 또는 일상적으로 작동하는 법칙으로 '작용—반작용의 법칙'이 있다. 자극이 오면 자동적으로 반응이 생성된다.

나는 추구하지는 못했다. 닥치는 자극에 반응하였다. 자극은 순간적이며 유동적이며 일회적이다. 반응도 마찬가지로 순간적이며 일회적이다. 시편들은 이렇게 경험한 자극과 반응의 기록 과정이다.

존재들과의 소통과 화해와 사랑이 있었다. 발효되거나 부패되어 냄새를 피운 것도 삶의 긍정도 결국 이것들이었다.

2009년 11월
용봉 캠퍼스에서
박노동

차례

제1부

제1부

사자

늦은 밤 집에 돌아와 씻으면서 보니
정강이가 깨져 핏자국이 번져 있다
어디서 상처를 입었을까?
사자가 조심조심 낮게 포복하여 다가가
온갖 힘을 다 쏟아 사슴을 덮쳤다
간단한 사생의 결투란 없다 마침내, 새끼들 앞에
늘어진 먹이를 물어다 놓았다
운이 좋았지만 사자는 완전 녹초가 되었다
새끼들이 뜨거운 내장과 피를 먹고 마실 때
사자는 자신의 앞정강이에 흐르는 피를 핥았다
사자는 가혹한 생존투쟁 가운데서 오히려
존재의 통증을 초극하고 있었다
거울을 다시 보니 깨진 앞이마가 새로 비친다

구멍

죄끔만 허리를 숙여라
자그만 구멍들이 무수히 보인다
거미집과 겨자씨집과 곰팡이집조차
터억 한 자리씩 차지하고 있는 것이
미상불 생명의 무엇이다
그 하찮은 구멍에 가득찬 힘을 보라
사람과 새와 짐승과
물과 나무와 공기와 꽃의
서로 나눠온 조응調應의 파동이
이 어두컴컴한 구멍에서 출렁댄다
조응의 터전에 열매 열린다
머리 숙여 허리 굽혀 보아야 하리라
제 모양이 다 보이지 않는 빈 구멍들이 보인다
텅텅 빈 물방울 사상의 탯자리 조물주의 집
후우 입김으로 불어보면
무수한 나비가 되어 날아가
오선지 위에 음표들을 두드린다
내 마음 구멍의 음률이

장엄한 지리산의 호흡성呼吸聲이 되기도 하는
세상을 죄끔만 숙이고 보면
음악처럼 빛나는
구멍들이 황홀하게 출렁인다
거룩한 구멍들이 무수히 알을 깐다

돌감나무

　남창골 전남대학교 연수원 앞 계단에 서 있는 돌감나무, 이제 늙어빠진 나머지 그 몸통은 썩을 대로 썩었다 가운데 큰 구멍이 뻥 뚫려서 그 속에 머리통만 한 돌멩이 세 개가 틀어박혀 있는 것이다 나무는 꼼짝없이 돌밭에 붙들릴 때 살 속으로 파고 들어오는 이들 피가 돌지 않는 돌멩이를 밀쳐내려고 몸부림치다가 마침내는 제살로 품어내고야 말았던 것인데, 내 친구 허벅지 뼈에 박혀 있는 꺾쇠 세 개처럼 이것들이 이젠 썩어빠진 허리를 받쳐주고 있다 그래서 대학생들은 감나무의 이 마음 하나를 만져보는 것만으로도 그런대로 연수를 다하곤 하였다

서씨 영감

새벽부터 리어카를 끌며 골판지를 모으는
얼굴이 벌건 서씨 영감을 출근길에 만나면
헌옷을 걸친 듯 안심이다

나무는 언제나 모양이 터억 잡혀 있어서
홀로 종교를 이룬 것 같다
가지마다 꺾이고 뒤틀린 과거의 옹이들,
아름드리 둥치를 타고 흘러내린 상처의 검은 폭
포들,
하나하나 뜯어놓고 보면 참 못나고 졸렬하건만
어쩌랴 나무는 황홀한 종교다

그중 서씨 영감은 벌써 막걸리 한 사발로
새벽 만나를 대신하고
홍시처럼 붉고 달다
골판지처럼 접히고 묶인 삶조차 달게 끌고 가는
서씨 영감의 리어카 걸음이
교회당 종소리처럼 느리고 당당하다

진흙

이스라엘을 다녀온 친구의 선물이라고 사해 진흙
으로 만든 미용비누 하날 받았다 검고 까칠까칠한 촉
감이 영락없이 철원평야 진흙을 짓이겨놓은 것과 닮
았다

아랍과 유대는 서로 주먹으로 싸우더니 칼로 찌르
더니 박격포를 쏘더니 미사일로 죽인다 거기 전쟁의
뒤켠에 남아 있는 상처의 소금기 때문에 죽음의 바다
사해가 생기고 이 비누가 생겼다는 것이다

한여름 소나기 지나간 뒤 피어오르는 흙살의 냄새
는 얼마나 사무치던가 우리 할머니의 뼈와 살에서 내
린 원소의 냄새, 중동이나 철원평야가 아니더라도 모
든 땅은 죽음과 삶의 냄새를 다 가졌다 사해의 진흙
비누는 더욱 심했다

유대와 아랍은 주먹으로 싸우고 칼로 찌르고 박격
포로 쏘고 미사일을 날리고 말로 서로 죽였다 그리고

죽음의 소금기에 절인 진흙으로 몸을 문지른다

　내가 군대 생활한 철원평야 진흙은 사해의 그것보
다 심했으면 심했지 결코 못하진 않았다

나의 비탈에 서 다오

삶의 비탈을 그저 바위라고 부르리라
불바위, 무쇠바위, 영겁바위
뜨거움도 힘도 시간도 잊은 지 오래
바위를 나무라 고쳐 부를 그때까지
삶의 그림자를 그저 나무라고 부르리라
참나무, 소나무, 떡갈나무, 향나무
거짓도 비바람도 산짐승도 열매도 잊은 지 오래
나무를 하늘이라 고쳐 부를 그때까지
난초는 그저 난초라야 한다
까마귀는 그저 까마귀라야 한다
차마 궂은 사람아,
내게로 오라!
하느님은 내게 오시어 하느님이 되었듯이
너는 내게 한 마리 바위가 되어다오
나의 비탈에 한 그루 나무로 서 다오
나의 비탈에 그림자 철썩이는 하늘이 되어다오

천재교육

농원에서 소심素心을 구해다가

책까지 곁에 놓고 알거름도 주면서 돌보았지만

말 못하는 것이

시나브로 죽고 말았다

한 가지 사랑법만으로는

다 채울 수 없었구나 싶다

낮은 데로만 흐른다는 물이지만

하늘로 다시 날아올라야 하는 것을

이파리가 파랗기에 사랑이 먹히는 줄 알았더니

뿌리는 이미 썩어가고 있었다

개똥도 주워다 줄 걸 그랬다 싶다

잡초 다루듯이 할 걸 그랬다 싶다

* 소심素心 : 동양란의 일종

육종가 김 박사의 면벽수행

오직 벼 육종만을 연구해온 농촌진흥청 작물과학
원 김연규 박사는
〈육종 = 수량 × 품질 × 안정성〉
을 지난 이십년간 구두선으로 읊으면서,
벼멸구에 녹아난 노풍벼도 보았고
녹색혁명의 이름 높은 통일벼도 보아온 눈썰미에,
천하장사 이봉걸은 힘이 퍽 좋으나 뭔지 물렁해 보
이고
귀염둥이 최진실은 매력 만점이나 뭔지 허해 보
여서,
힘 좋고 매력 만점인 놈만을 뽑아내자고
이십년 내내 밤잠을 설쳐왔으나,
요즘 새 고민이 생겼겠다 세상이 변하여
한 가지만 잘나면 알아주는, 세-상에,
그렇고 그래도 벼멸구에는 견디는 놈, 도열병에는
이기는 놈,
적게 나도 밥맛 끝내주는 놈, 찰기는 적어도 많이
는 나는 놈,

이런 놈 저런 놈들을 더 쳐주는, 세-상에,

어쩌겠냐구요

옳거니, 세상에는 제맛 제멋이 따로 있는 것을!

그럼 〈수량 × 품질 × 안정성 = 육종〉을 설파하며

힘세고 매력 만점인 계통을 선발코자 밤잠 설쳐왔

다지만,

자기는 잡종 만드는 잡놈 재미에 이십년 면벽수행

한 게 아녀?

그 잡종들 제 갈 길로 총총 갔던 게 아녀?

동행

비집고 열차에 올라 한 숨 돌린 다음
한 칸에 든 나그네 넷이 초면 인사를 나눴다
이런 저런 세상사를 주마등처럼 씹으며
아들딸들이 싸준 것이라며 보따리에서 꺼낸 것들
도 찢어 씹고
홍익회 계란도 서로 까고
선잠에 꾸벅 옆사람 어깨를 치기도 하는 사이
광주역에 도착하였다
우린 인사를 하는 둥 마는 둥 제 갈 길로 총총 흩어
졌지만,
비가 내리고 있었다
나는 어렵게 택시를 타고 한국병원 영안실로 가서
분향하였다
삼베 완장을 차고 고개를 숙인 상주들 가운데
열차에서 만난 낯익은 그 사람이 혼령처럼
어금니를 깨문 채 무겁게 서 있었다
이게 무슨 깜깜한 동행일꼬
서울역에서부터 어깨를 맞대고 계란을 나눠먹으며

죽음이 부른 동행에 출석하였다니,
그도 나도 비에 젖은 옷을 걸친 채였다

어두워지는 눈

솔티재 고갯마루에서 국민학생이 모시옷 여인에게
서 손바닥성경을 받았다 지금 알고 보니 요한복음이
었다 소태를 씹는 편이 덜 썼었다

휴전선에서 군인이 기드온 포켓성경을 받았다
우리의 주요 구세주이신 예수 그리스도의 신약전서
○○○에게 드림
○○○○년 ○○월 ○○일
비매품
이후, 포켓성경이 더러 총알을 튕겨내는 것 같았다

광주 배고픈다리에서 도시락 관주 성경전서를 받
았다
아브라함이 이삭을 낳고 이삭은 에서를 낳고 야곱
을 낳고
이삭이 나이 많아 눈이 어두워지니 장자를 바꿔치
기 당했다

근래, 십이 포인트 글씨의 성경을 구했다
내 신앙훈련은 눈이 어두워지는 것하고 관계가 있다

이삭이 눈이 어두워져서는 장자를 바꿔치기 당했
답니다
고갯마루에서 손바닥성경을 건네주신 검은 쪽머리
모시옷 어머니!

겨드랑이 혼례

소경 한 분이 흰 지팡이를 짚고 성당에 가까이 왔
다 문 밖에서 기다리던 키가 석자쯤 된 여자 아이가
달려가서는, 소경 노인의 손에 자기 겨드랑이를 공손
히 내어준 채 '……계단 ……마루 ……신발 ……' 나
즈막이 속삭이면서 안내해 들어온다 알토란이 구르
는 것 같다 신발을 벗기고 일으켜 세워서 사이를 비
집고 소경을 의자에 앉혀드린다 그리고, 곁에 다정히
붙어 앉아서 신발주머니를 그의 눈먼 손에다 쥐어주
고 그윽이 올려다본다. 마치 신랑을 올려다보는 것
같다

그리울 때 붙잡고 기대올 날개
사랑할 때 붙잡아 후려칠 날개
가엾어 할 때 붙잡고 울어줄 날개

이윽고, 결혼예식이 시작되었다 눈먼 신부에게 신
랑은 자기 겨드랑이를 내어드린 채 공손히 걸어 들어
왔다

겨드랑이를 확 벌린 채 사랑의 피를 쏟고 있는 십
자가 위의 예수 앞으로

알밤을 주우면서

1. 하늘
새털구름으로 빗자루질 했네
퐁당
빠지고 싶어라

2. 암소가 웃다
달개비 파랑꽃을 보고
살진 암소가
파랗게 웃다

3. 못다 지나친 것들
못다 줍고 지나친 알밤들은
뒤돌아보면 다람쥐가 잽싸게 줍고
밤나방 애벌레는 고물고물 줍고
나중엔 곰팡이도 하얗게 줍고

4. 가시밭길

밤송이 밭에 개구리
발바닥이 빨갛다
어라,
용수철처럼
팔짝 뛴다

5. 추석

밤송이 속에
환히 웃고 있는 밤톨 세 알
성묘를 나서는 듯
반듯하다

밥상 앞에서

밥상 앞에서
머리에서 가슴, 상하 좌우로 성호를 긋고
고개를 숙이며 잠시 눈을 감는 것

밥상 앞에서
완벽한 식욕을 잠시 미루고
아득한 존재를 기억하는 것

어디 보자, 깍두기, 배추김치, 새우젓갈,
밥 한 그릇,
들녘의 주인들,

어디 보자, 내 밥, 내 목숨,
먹어야만 살 수 있다는 그것에
괴로워 떤 적이 있었다
이 밥이 먹고 싶어서
몸부림친 적이 있었다

밥상 앞에서
성호를 긋고 기억하는
내 밥, 내 목숨, 내 하느님,

아득하여라
밥이 곧 하느님!

경주 남산

1996년 통계청 가구표본조사 통계
홀아비 30만 명, 과부 230만 명

터 좋다는 경주 남산을 오르며
발길에 차이는 숱한 병신 부처들을 보아하니
머리통과 몸통이 서로 갈라선 채
천년을 굴러다니는 병신 부처들을 보아하니
어느 인정 바른 이 눈에 드는 날에
보살 몸통에 처사 머리통이 얹히는 것이 더러는
반남반녀半男伴女 또는 반녀반남半女伴男 또는
남반녀반男半女半 또는 여반남반女反男反 또는
의 조화를 얻기도 하는 것을 보아하니
홀아비들이여! 과부들이여!
남산에 오르거든 그 숱한 병신 부처들을 명심하라
우리의 외로움과 고달픔의 세월로
너는 처사의 몸통으로 나는 보살의 머리통으로
이렇게 숱한 돌부처가 되어 굴러다니기로 말하면
어깻죽지가 부러져도 콧날이 문드러져도

제아무리 힘이 부쳐도 힘써 살아 굴러라!
천 년은 좋이 기다려야 얻어 타는 조화일러라
일곱에 일곱 번이라도 무심으로 구워낸 풍화일러라

그 미소가 달다

용현리 삼불교 너머 가야산 너럭바위 부처님,

부처님, 천불 만불 부처님,

자갈 위에 자갈 아래 모래도

나무 아래 나무 위에 낙엽도

부처님, 천탑 만탑 부처님,

자갈 밑에 모래 곁에 바위 아래 바위 속에

서산 용현리 돼지 닭 똥 냄새 공양 받아

밤새도록 물고 빠는 파리 모기 공양 받아

석가불 미륵불 갈라불

마애삼존부처님들 배불리 드시고

나는 돼지 닭 똥이 달다

윙윙거리는 파리 모기 공양이 달다

엄마 품에 안겨오는 잠든 아기

그 미소가 달다고

합장이나 하시는 부처님

밑에 부처님 곁에 부처님 아래 부처님 속에

제2부

꽃 너머 꽃

눈발 속에 매서운 이월 매화

보랏빛 초롱꽃의 빛나는 사월 오동

저 꽃들 너머 꽃은 무엇일까

아버님이 오월 돌아가셨다

때마침 비가 내렸다

잔디가 푸르게 자라 덮었다

검돌베개 고요쯤에

1
아지랑이 속에 흔들리는
이랴! 이랴!
아버지의 출렁임
긴 이랑으로 펼치다
뒷발질 앞발질 씨앗을 덮어 묻는
갓난 송아지의 난장판이다

2
동네 어귀 시냇가 팽나무 그늘 속에
아버지의 노곤한 졸음이
검돌베개 고요쯤에 계시다
반짝이는 나뭇잎들
햇살을
오지게도 타고 놀 때

3

솔티재 너머 서 마지기
논두렁 높아
콩깍지 튀는 소리
놀란 까투리 날아오른다
아버지 나락 등짐
노랗게 재를 넘을 때

4

장작 패는 아버지의 아침 마당
터억! 좌악!
가슴팍 땀의 실핏줄,
마당 귀영치에
까칠한 싸락눈이 풀썩 튀었다

용주 세상

도무지 호암 마을에는 아이들을 찾아볼 수 없다
애기 밴 아낙을 볼 수 없다 아무도 애기를 밸 수
없다
이 마을의 제일 청년을 찾자면 그가 바로 이장인데
그도 올해 환갑이다
잔칫상의 음식은 푹 삶아라
마을 사람들은 이빨이 다 빠졌다
너나없이 도회지로 달아난 자식들은 객손이 되어
전화로 받은 부고를 귀에 물고 허연 손바닥엔 달랑
봉투 하나
소름끼치는 자동차로 달려오는 이 마을에는
허물어지다만 아니 아직도 못다 무너진
담벼락과 아랫채와 안채와
아니 아직도 못다 짓어난 마당의 무성한 잡풀들
아니 아직도 못다 흘러내리는 메마른 시냇물
아니 아직도 못다 까무러친 뒷산 등성이
밤나무 숲 희멀건 꽃무더기의 불두덩 내음새
아니 아직도 못다 사납기만 하던 이 마을에는

아니 있기는 있다
이 마을의 진짜 청년은 용주다
세발자전거를 타고 철없이 달리는 다섯살박이 용주
애비는 자동차에 치어 죽고 다시없는 용주가 있다
청상과부 용주 엄마가 다음으로 청년인 이 마을에는
녀석아, 백화꽃이 피어버린 대나무밭
호암 마을에는
네가 죽순이고 하늘이고 땅이다

* 호암虎岩 : 전남 광양시 광양읍 죽림리에 속하는 자연부락

웃음엣소리

예닐곱 살 적입니다 어르신네들이 당신들끼리 귀엣말로 주고받는 말이 나를 가리켜 다리 밑에서 주워온 놈이라고 했습니다 그래서 서러워서 울다울다 보니 나는 다리 밑이 살그머니 그리워 그리워지는 거예요

다리 밑에는 동냥치들이 바람막이로 거적을 둘러쳐 놓고 있었고요 속이 무척이나 궁금했겠지요만 밥그릇 딸각거리는 소리와 웃음소리가 간간이 새어 나온 게 전부예요 나도 모르게 거적문 앞에 가 섰겠지요 안에서 조막손이 가만가만 손짓했어요 나는 동냥치 밥그릇에서 밥을 함께 퍼먹으면서 딸각딸각 소리를 냈어요 애기 동냥치 어른 동냥치 모두 바람소리를 내며 웃어 주었어요

그후 동냥치들이 우리 집 사립에 와서 동냥을 얻어 갈 때면 우리 엄니는 와상에다 개다리밥상을 봐서 내주었어요 나를 그 웃음소리 속에서 데려온 탓이겠거니 하면서 속으로 울었지요

우리 엄니도 때때로 다리 밑 거적대기 속에서 나는 소리를 웃음엣소리로 알아들었나 봅니다

범바위

범바우虎岩 마을서 낳고 자란 말뚝총각이
맘씨 좋은 옥룡玉龍 처녀에게 장가들었네
신접살림 깨가 쏟아질 무렵
옥룡 박샌은 술주정뱅이가 되어 눈알이 벌겋게 탔
다네
이맘때쯤 물 건너 범바우도 따라서 눈알이 뻘개졌
다네
가슴이 벌겋게 닳던 옥룡댁이 딱 한 번은
"아이고, 저 문둥이 하곤 난 못살아
백운산 호랭이는 뭣 하나
콱 물어가 버렸으면 좋겠네 난 못살아."
그 말이 떨어지기 무섭게
범바우가 벌떡 일어나 휙 달려들었네
아까운 스물아홉 옥룡 박샌 물어 가버렸네
방정맞은 주둥이 두렵네
귀 밝은 범바우 겁나네
이제 꼬부랑 할머니가 되어 옥룡댁은
옥룡 박샌이 자꾸 그리워져서는
차라리 호랑이 안부를 묻고 있다네 묻고 있다네

맘죽

　호암마을에서 갓난 애기에게 젖을 물려 키울 적에
는 젖이 항상 모자랐어요 우물에서 지성으로 길어온
물로 모두 입을 헹구고서는 동네 여자들이 둘러앉아
깨끗한 쌀을 한 움큼씩 입에 넣고 이빨이 닳도록 씹
어서요 단맛이 날 때까지 씹어서요 조막만한 오가리
에 뱉어 받아서는 아주 얌전한 불로 다스렸어요 누르
스름하고 달콤한 맛이 그만인 맘죽을 쑤어서는요 애
기에게 젖으로 물렸지요만 그 뿐만이 아닙지요 동네
에 뉘 할매가 많이 아프다 하면 온 동네 아낙들이 돌
아가면서 맘죽을 쑤어서는 할매 입에 흘려 넣어드려
서 저승길에 힘을 보탰지요

　이 맘죽에는 이빨 상아질이 제법 잘 녹아든 탓이온
지 여자들의 쪼골쪼골한 젖가슴의 젖보다는 힘이 더
빛났지요

　그래저래 호암마을 아낙들은 넉넉하긴 넉넉했는데
이빨이 성한 여자들이 없었지요 핏덩이에게 젖 물리

는 일이 저승길에 나서는 초로草露에게 젖 물리는 일
이 어찌 쉬운 일이던가요

약사발을 들여다보면

들여다보면 어두워서 깊이를 잴 수 없는 약사발을
들여다보면
　노릉에 부는 배반의 바람이 등골에 스치기도 하지만
　하풍단 할머니가 우리 할머니와 함께 먹고 자고 떠
나시는 것이 보인다
　배 아픈 손주의 등을 쓸어내리는 우리 할머니가
　내 손이 약손이다 내 손이 약손이다 하며
　하풍단 너댓 알을 입에 넣어주시면
　그 화한 하풍단 할머니 향기가 온 몸에 피처럼 돌
았다

　의붓아비 떡방아질하는 데는 가지말라는 세상에서
　우리 할머닌 이름조차 모르는 하풍단 아우님네 기
다림이 깊어
　달포가 지났는데 또 달포가 넘었는데
　동구 밖을 무단히 내다보셨다

　나를 과하지 않게 키운 데는 두 할머니가 계시다

우리 할머니는 내가 병장으로 하풍단 할머니의 고
향 황해도 연백을 건너다보며 보초 설 때 돌아가시고
　그 후에도 하풍단 할머니는 다름없이 오래오래 우
리 할머니를 찾아오셔서 내 손이 약손이다 약손이다
　내 등을 쓸어내리시며 신농神農의 노래를 불러주
셨다

　하얀 김 피어나는 약사발을 들여다보면
　우리 할머니와 하풍단 할머니의 이제는 좋이 신선
이 되어서
　무딘 철조망 걷어내고 연백에도 함께 다녀오시는
얼굴들이 비쳐오신다

* 노릉老陵 : 단종의 묘
* 하풍단 : 소합환에 해당하는 민간처방의 환약으로 토사곽란, 소화불
　량, 식체, 열병 등에 널리 쓰였다.

산에 들에 피는 꽃이
- 누님의 노래 1

다리목에 살 때 그 불쌍한 양반 병들어 죽고 시엄
씨 시집살이 날로 서슬 시퍼러지는 어느 날 밤 보쌈
을 당했지 두고 온 남매 생각에 차마 식음을 전폐한
나날이 얼마더냐 마는

세상에 또 어려운 게 섬진강 가 농사일이 아니더냐
그 새에도 새끼들을 여럿 배서 낳았지 그중 하나는
산에다 캐묻었다만 새끼들 따라 언문도 깨쳤지

그땐 공부가 참 달더라 그러고서 세상에서 제일 어
려운 일이 공부라는 것을 알았구나 내 속에 있는 것
들도 못다 캐 쓰는 판에 남의 속에 든 것들을 캐서 배
운다는 것이 땅에서 캐내는 농사일처럼 쉬운 일이겠
느냐

전엔 마당에 쌓인 곡식가리만 보면 굶어도 배부르
고 마음에 달더니만 인자는 달라 인자는 꽃이 마음에
좋아 산에 들에 한정 없이 피는 꽃이 마음에 달
아……

발자국

마을마다 대나무 밭에 쓸 만하게 하늘로 뻗친 것은
모두 베어내 죽창으로 삼았던 동학농민전쟁의 쓸쓸
한 석양 무렵, 그 추운 겨울에 한 청년이 호암동네로
숨어들어 왔었습니다 할머니는 동학도로 쫓기는 청
년을 차마 불쌍히 여겼습니다 눈알이 뻘건 관군들이
매일 동네를 훑고 지나갔습니다 청년이 건강을 회복
하자 남의 눈을 피하여 마을에서 떨어진 냇가 토굴에
다 숨겨주었습니다 그리고 산과 들에 일을 나다니면
서 먹을 것을 날라다 주었습니다 어느 날부터 눈이
내려 쌓였습니다 어떻게 할까요? 그 때부터 눈이 쌓
이면 할머니는 냇가로 나가 일부러 빨래를 하는 것이
었습니다 그러다가 맨발로 냇물을 찰박거리며 걸어
서는 어디론가 다녀오는 것이었습니다 냇물에서 헤
엄치는 오리처럼 아무 발자국도 남기지 않았습니다

꽃젖

- 누님의 노래 2

동승아 동승아 곯아 잠든 내 동승아

저 나무에 까치 봐라

저 가지에 밥을 봐라

높은 가지 홍시 봐라

여남은 개 남겨두게 안개 내린

겨울 까치 배고프면 어이할꼬

자네 나와 차릴 턴가

까치 밥상 차릴 턴가

동승아 동승아 배가 곯아 잠든 잠아

까치 밥상 여기 있다

굽은 가지 홍시 봐라

내 가슴에 꽃젖 봐라

동승아 내 동승아

* 동승 : 동생을 가리키는 옛티 나는 말

호암 미자발

우리 동네 이름은 호암인데요, 어른들은 그저 화—
암이라고 화려하게 불렀어요 호암 동네 아해들 미자
발은 유명했지요 뛰어놀다 심심해지면 아해들은 두
엄자리에다 밑동을 풀어 내리고 아랫도리를 허옇게
내놓고 둘러앉아 앞산을 멀거니 바라보며 서로 힘깨
나 써대며 킁킁 웃지요 그때 한 아해가 "엄니, 나 미
자발 빠졌네" 하고 무시 밑동 같은 엉뎅이를 하늘 높
이 들고 나발을 불어요 그러면 동네서 제일 먼저 그
나발소리를 들은 아낙이 힘껏 달려오는 바람에 젖가
슴처럼 따뜻해진 고무신 코로 미자발을 쑥 밀어 넣지
요 이놈 저놈 없이 아해들은 거개 다 똑같이 참한 엉
뎅이를 들어 나발을 불었어요 여간 귀엽고 해처럼 뜨
거운 그 나발은 더러 개똥에 미끄러진 엄마 고무신
코로만 밀어 넣어야 조용해졌다는 겁니다

* 미자발 : 탈장되어 밖으로 튀어나온 항문
* 무시 : 무

산 사람 식으로

호암 동네에 장질부사가 크게 창궐할 적 이야기입지요 "어무니 내 아파서 그러니 김치 한 독 담아다 주시오" 하는 기별에 친정 에미는 있는 것 없는 것 다 장만해서 딸네 집에 갔었지요 오라 에미는 딸년한테서 장질부사를 얻어가지고 돌아와서는 할아범 아들 며느리 골고루 골고루 나눠 가졌는데요 때마침 초가 삼간 사립에는 금줄이 쳐지고요 한 방에서는 며느리가 아이를 초산하고 반주검이 되었지요 그때 옆방 할아범은 마지막 숨을 들내쉬면서 다시는 그년을 내 사립에 출입시키지 말라고 유언하였지요 벽 하나를 사이에 두고 손주는 사는 명을 받고 할배는 저승사자 명을 받았어요 할멈 애비 에미 손주 누구도 울지 못했어요 장질부사 장질부사 울지 못했어요 거적에 말아서 묻었을지언정 울지는 못했어요 장질부사 팔아먹은 딸년은 얼굴도 안 비쳤고요 나중에사 그년은 친정을 찾아와서는 산 사람은 산 사람 식으로 살아야지요 했다네요

삼다향

그러면 내 고향 광양은 어떠냐 허면 사람들이 집을
짓고 우물을 파고 감나무를 심었지요 볕이 좋고 물이
좋고 단감 홍시감 때깔도 좋아부렀지요 집집마다 또
밤이 오고 이슬이 내리니 생겨오는 것이 있는디 그것
이 뭐다냐 허면 토끼 같은 새끼들이지요 뉘 집 없이
딸을 다 받았는디 때깔 좋은 홍시감 허고 물만 멕여
키웠다지요 처녀를 하늘이 내서 그런지 이쁘기로 말
하면 가슴이 저려 와서 말로 어찌 할 수가 없네요 그
래서 내 고향으로 치자면 감나무 하나 우물 하나 처
녀 하나를 치지요 아 참, 이것들을 삼다三多라 합디다

* 삼다향三多鄕
* 광양光陽 : 전라남도 동부에 위치한 고을

솔티재 소나무

호암 마을의 어깨쯤 되는 솔티재 위에 약간 틀어
앉은 늙은 소나무는 늘 땀을 흘렸다 그해 가을에 진
주에서 밀고 들어오는 군인들과 여수에서 밀고 나가
는 군인들이 M-1총을 가지고 한국전쟁사의 S자 커
브 전투를 쓸 때부터 찐득찐득 호박 땀을 흘려댔다

어른들은 가랑비가 내리는 날이면 종종 귀신에게
쫓겨 돌아와 며칠씩 헛소리 헛소리 지르며 앓아대곤
하였다 불개미집골에서 귀신에게 쫓겨 낫이고 바지
게고 다 버리고 걸음아 날 살려라고 얼마나 줄달음칠
때, 귀신이 손만 내밀면 잡힐 것 같은 오싹한 순간,
그 소나무가 눈에 비치면 그만 귀신이 안보이더라고
하였다

누구도 귀신에게 쫓겨본 적이 없는 우리들은 불개
미집골에 소 먹이러 가서는 소는 소끼리 먹고 놀고
우리는 우리끼리 여름 한나절을 뒹굴며 잘 쏘다녔다
그러다가 우린 개똥이가 넘어진 자리에 넘어지고 또

넘어졌다 와, 거기, 녹슨 철모와 수통과 삭아빠진 혁
대와 군화들이 벌적하게 널려 있었다 푸석한 해골들
이 허옇게 박치기하고 있었다 어른들은 그게 빨갱이
라고 일러주었다 우린 해골바가지를 더러 걷어찼다

솔티재 소나무는 겨울에도 울었다 읍에 주둔한 군
인들이 새벽같이 솔티재로 출동하여 연막탄을 터뜨
리고 빨갱이들을 무찌르는 연습을 해댈 적마다 소나
무 몸에는 총알 자국이 늘어갔다 허연 뜨물 같은 눈
물을 토하는 것이었다 우리는 학교에 지각하는 게 슬
퍼서 울었다

솔티재 소나무는 이제 이 세상에는 보이지 않는다
남해고속도로에게 길을 내어주었다

매화

손톱만 한 꽃이 피었네

늙은 끌텅 가지에

소한 지나 호암 동네

한 사람이 비단옷을 해 입으면

온 마을이 따뜻해졌다네

가지마다 벌들이 손톱꽃을 찾아오면

뒤통수가 환해진다네

사람 사는 세상에

이제 손톱만 한 꽃향기라네

제법

큰 법法일세

친밀성

　호암 동네의 사람살이는 모다 그저 그렇고 그래서 뉘 집의 저녁 찬거리는 무엇이고 뒤주에 쌀이 얼마나 남아있고 뉘 집 댁은 언제 해산을 할 것이고 오늘밤은 뉘 집 누구 제사이고 숟가락이 몇 개이고 등등 대낮처럼 훤히 꿰고 살았어요

　우리 얘기 들어보세요 우리도 어떤 어른이 어떤 술버릇이 있는지까지 훤히 꿨지요 그중 남샌이 주막으로 내려가는 날에는 우리는 서로 쳐다보며 눈알에 힘 주어 반짝거렸어요 한 잔 걸치고 거나하게 취한 남샌이 흔들거리며 올라올 때 우리는 숨어서 남샌이 샛길 풀숲으로 들어가는지 마는지 망을 봤지요 그 어른이 비척거리면서 저만큼 모롱이를 돌아가면 우리는 개구리처럼 튀어나와 그 풀숲으로 달려갔어요 여기 그 똥자리를 보세요 김이 모락모락 피어나는 똥 옆에 지전紙錢이 보이지요 그 어른은 뒤를 종이로 닦는 버릇이 더러 있어서 한 잔 걸쳤다하면 돈과 종이를 가리지 않았거든요

제3부

입맞춤

63

가로등 불빛은 뜨겁기도 해라

내 더운 가슴 불타올라

가로수 밑

네 입술에 포갤 때,

사과 속살을 꿰뚫고 달아나는

한 톨의 광자光子여!

낙화

가만가만 제 알아서 꽃잎이 떨어지는데

제 알아서 가만가만 꽃잎이 떨어지는데

꽃잎이 제 알아서 가만가만 떨어지는데

제 알아서 온 삭신이 요렇게 아픈데

아우성 아우성 제 알아서 삭신이 아우성인데

복사꽃잎은 작년에도 제 알아서 절로 떨어졌다

덧없는 시간 앞에 나는 꽃몸살을 앓아누웠다

하느님은 안녕하시온가 개벽의 한 소식 있는가

꽃들의 시간

지리산 산동마을 산수유 꽃망울들이 노랗게 피어
나려면 섬진강 강바람에 매화꽃잎들이 풀풀 날리며
몸짓을 건네주어야 했다

유달산 개나리꽃들은 산수유 꽃술의 눈짓을 받아
피어나서는 바다로 풍덩 몸을 던졌다

그 바람에 전남대 교정의 목련이 화들짝 놀라 순백
의 불꽃을 창공에 피워 올렸다

이윽고 청신한 발에 하얗게 밟히며 목련은 명옥헌
배롱나무에게 빨간 시간을 넘겨준다

배롱꽃의 백일 끝을 받아내는 것은 평야마을에 하
얀 나락꽃이다

나락꽃은 출렁이며 훅 가을바람을 분다

시끌벅적 추석이 왔다

* 평야마을 : 나주 남평 들녘에 소재하는 자연부락

개오동꽃

외로운 저 개오동 꽃 좀 봐
보랏빛 안개 쓰고 봄 언덕
택지개발 공사장 낭떠러지

앙상했을 뼈만 추려 가버리고
붉게 배가 갈라진 채 버려진 파묘破墓
마지막 혼불을 지피는가
그 곁에 개오동 꽃 좀 봐

벌써 가까이 파먹어 들어오는
불도저의 가쁜 숨소리,
종착역은 사망이다,고 나발을 불며,

꽃주머니 보랏빛 꿀을 다 따내기도 전에
불도저의 날카로운 버켓이 허리를 동강내기 전에
마지막 한 방울까지 생명을 태워야지,
개오동 꽃 좀 봐

그대 서 있는 자리는 이제

어떤 사람의 세계가 될까 생의 낭떠러지에 선

개오동 꽃 좀 봐

묘지에서

망월동 공원묘지에서 다알리아 붉은
꽃송이를 주워 올리다가

화들짝, 손을 놓으니 이파리들이
새처럼 활강하였다

회귀의 춤

창공을 향해 늘 시장기를 느끼는 검은 구근과 섬세
한 실뿌리의 정묘한 구조가 밀어 올렸던 비상의 몸
짓, 여전히 그것이었다

뿌리의 흙으로 돌아가는 활강의 중심에
내비치는 완벽한 구조

바람 불고 별이 손짓하면
겨울이 오고 또 강물은 풀리고
다시 꽃을 피우는 그것,에
나는 감전하였다

예초리 가는 길

추자도 오씨 입도시조 중덕공吳氏入島始祖重德公의
검은 기념비
곁에 하늘섬나리꽃 붉은 알몸 흔들린다
그 곁으로 바다가 친구처럼 시퍼러이 달려온다
짜디짠 바닷물에 더운 욕망을 소독하고자
툴툴 털고 허연 알몸을 담그고 보니
오메, 한없이 흔들리는 것!
천지天知, 지지地知, 자지子知, 아지我知라 했거늘—
하늘이 흔들리고 섬이 흔들리고
너도 그렇고 나도 그렇다
두 세상이 한 세상이다
구름이 흔들리거니 바다에 닿고
흔들거리던 연락선은 하늘가에 닿아 승천한다
아, 언뜻 눈길 마주치는 놈이 있다
화석처럼 바위 틈새에 박힌 방게란 놈
두 눈깔이 하늘섬나리꽃
붉은 알몸을 한껏 들이킨다

* 예초리 : 하추자도의 한 마을

멸치몰이 소리꾼 최호길

– 가거도 1

그 이름 살 만한 섬 다닥다닥 까치집
바닷바람 부는 대로 날아다니던 까치 새끼
사람 새끼는 서울로 보내야 한다는 말 따라
꽝꽝한 뭍으로 흔들리며 미끄러지는 초행길
창자를 다 꺼내놓았던
스무 시간도 넘는 뱃멀미 끝,
어린 인연 목포에서 중학교
높은 연고 광주에서 고등학교,
때때로 중국 상해 닭 우는 소리 아득해
서울 서라벌예대 3년 중퇴하고
강원도 산악 어느 뫼 군복무 마치고,
에라 손끝맛 좋은 드럼을 두드리며 우르르 쾅쾅
아사리판 서울 사람들 이목을 붙들어도 보았다만,
게으른 여우 제 난 곳 그리워하듯
드럼 속 들리는 납덕여 파도소리 아득해
거미줄 인연 끊고 돌아왔네 살 만한 섬,
고등공민학교 훈장 8년
국어, 영어, 음악, 체육, 미술까지

그 어름에 중학교 생겨서 얼씨구 좋다 손 털고,

큰몰 2백여 가구 이장 6년

갓난쟁이부터 백살 넘는 어르신 이름 달달

본동댁집 숟가락 갯수 달달

정월 초하룻날 상하당제

130여 무주고혼 갖은 정성 모셔왔네

큰몰 어촌계장 거반 4년

구름 두른 허리

놋소리 멸치몰이소리 술배소리 풍장소리

달은 떠서 다 져 가고 우리 갈 길 아득한데,

가거도 멸치잡이소리 늙은 전수장학생 되었네

어디 그 뿐인가 바다 적신 맨발

배설거지할 때 배발올리기소리 절로 힘이 어우러
진다네

해와 달을 바로 받는 독실산 어깨

내연발전소 번갯불 밝히니 세상은

환히 보여 좋다만 어둠 더 깊어 보이네

여전히 등대는 무수한 빛가루를 뿌려대며

바다는 섬을 섬은 바다를 서로 챙겨왔겠거니,

최호길 씨의 가거도, 오죽이나 살 만하면

가거도, 살 만한 정토입지요!

* 가거도可居島 : 사람이 살 만한 섬이라는 뜻을 가진 섬으로 신안군 흑
  산면에 속한다. 소흑산도라고도 알려져 있다. 절해고도絶海孤島로 상
  해의 닭 우는 소리가 들린다는 곳이다.
* 상하당제上下堂祭 : 매년 정월 초하룻날 새벽에 지내는 당제로, 하당제
  는 130여 무주고혼無主孤魂의 넋을 위로하는 위령제이다.
* 놋소리 이하 : 가거도 멸치잡이 노래(지방무형문화재 제22호)의 일부
  를 나열하였다. 최호길 씨는 이 멸치잡이노래의 전승후계자이다.
* 배발올리기 : 배를 대피시킬 시설이 없던 시절, 풍랑이 일면 동네 사람
  들이 드러누워 배를 뭍으로 발로 밀어 올릴 때 부르던 독특한 노래.

후박피 벗기는 여인

– 가거도 2

내사 오늘은
바다가 싫구먼유

후박피 벗기기 오늘은 싫구먼유
가히 살만하단 섬 가거도 내사 싫구먼유

저렇게 시퍼런 바다
저기 막구석에서 가무작지歌舞作地까지

뒷선창 갯가 물고 핥던 서방님은 어째
돌무덤 하나쯤 딱 빠개고 일어나지 못하셨소

회룡산 봉우리에 고인 내 눈물
아직 마를 수 없는 새벽 우물인 것을

본동댁

– 가거도 3

남해여관 안주인 본동댁 솜씨 보소

그 손끝 스치면 황폐하던 식욕이 아름다워져

버무린 갖은양념 죽상어 회무침

길손의 혀끝을 풀어내노니

후박피 황금주 친구여 색향이 일품일세

5백리 뱃길 가거도타령 술술 열어주네

큰몰에 나서 동네 총각 조씨에게 시집왔네

파랑에 멱감으며 히히호호 제 몸 씻는 작은갓여

살구꽃 동백꽃 아롱아롱 회룡산 절벽

이게 네 눈에 안 뵈는 내 속맘이제 내 바다이제

큰몰 장군바위 섬등반도 원추리꽃

어울려 어쩜 먼 눈짓연애쯤 했을 법한데

귀밑만 발개지는 가거도 본동댁

이정표 산마루 내다뵈네 뒷선창을 때리는 하얀 물
보라

저것들 좋아라 물고 빨고 찧고 까불고

저것들 좋아라 찰싹 뒤척이며 찰싹 몸 섞고 찰싹 부서지네

천생연분일세 눈에 넣어도 아프지 않을 애인이여 너던이여

그 은하 속을 들고 나기 불가사의일레라

해무 덮인 삶의 아득한 부끄러움과 황홀함이여

그녀는 부끄러운 섬 아니었네

그녀 구름 두른 산허리, 후박 황칠 굴거리 새우란

그녀 자유의 하늘, 뿔쇠오리 악새 흑비둘기 박쥐 나비

그녀 풍요의 바다, 멸치 전복 도미 뿔소라

그녀 하늘의 환상, 회룡산 막구석에서 가무작지歌舞作地까지

그녀 인동초의 노래, 조개무덤 걸레 멸치잡이소리 배발올리기소리

이제 본동댁은 대한민국 최서남단 서글픈 섬이 아니었네

본동댁 남해여관 안주인 맘씨 보소
그 맘끝 비치면 태풍이 노랠 해
배 뜨는 날 아침 고아내는 뿔소라죽 그릇 그릇
돌아가는 뭍엣손님들 뱃멀미 기미 없고
5백리 뱃길 가거도소리 술술 들려주네 들려주네

* 여 : 바다 위로 드러난 작은 바위섬
* 너던 : 앞바다

첫동백꽃

호호 손을 불며

저걸 어쩌지

석삼년 다독거린

뜰 밖 애기 동백

하필 첫눈 내리는 이 치운 아침

차마 첫봉오릴 붉게 터뜨렸네

옷고름 만지작거리며

산은 멀리 나앉았네

오메, 저걸 어쩌지

문장대에서

여기서 빗방울이 동해 서해 남해로 갈린다고 했다
한 주먹 분출하는 샘물은
흘러 흘러서 바다,
바다가 될 것이다
바다는 어느 강보다 더 요동치고
어느 샘보다 더 짜다
내게 한사리 덮쳐왔던 해일은
무엇보다 오래 흘러서 내게로 왔던 것,
애써 정복한 높은 산은 쓴바다라 하고
아예 못 오를 높은 산은 허공이라 하자
강은 흘러갈수록 흐려지고 깊어지지만
바다의 운명이 예비된 줄은 모르는 일,
옹달샘은 내일을 두려워하지 않는다
나는 오늘, 냉혹한 북풍에 꽁꽁 얼어붙은 채
쓴바다 하나를 건너지만
파랑 없는 바다의 기억은 가진 게 없다
폭풍과 해일은 바다의 진선미 아니냐
소금땀 흘리며

동해 남해 서해로 갈리는 문장대에 올랐다
어느 바다로 흘러들지 모르는
옹달샘의 오늘과 내일이여!

대화

잔설 속에 제비꽃이 피었다. 한 손을 무릎에 짚고
허리 굽혀 작은 꽃을 볼 때 언덕 위쪽에서 백년 묵은
느티나무가 말했다
　"나는 네 다리가 되어주고 싶어서 바람이 되었다"
내가 대답했다.
　"이제 다리가 아파요. 다시 바람이 되고 싶었어요"
　"나는 네 심장이 되어주고 싶어서 일출이 되었다"
　"제 심장은 식어버렸어요 다시 뜨거운 일출이 되고
싶었어요"
백년 묵은 느티나무가 말했다
　"나는 네 허리가 되어주고 싶어서 산맥이 되었다"
내가 답했다
　"오, 구부러진 허리! 당신 우람한 산맥이여!"
　"나는 네 가슴이 되어주고 싶어서 바다가 되었다"
　"오, 속 좁은 가슴! 맘껏 출렁이는 망망 정신이여!"
백년 묵은 느티나무가 또 말했다
　"나는 네 눈이 되어주고 싶어서 제비꽃이 되었다"
마침내 나는 맞장구쳤다

“그래요 지금 당신을 보고 있어요 제비꽃이에요!”
백년 묵은 느티나무는 말문을 닫아버렸다

낙조

당홍 비단 잔물결의 강 너머로

아슴아슴 먹물을 풀어내며 점점 무거워지는 산들

해는 몸부림 없이 강을 건넜다

회귀하여 알을 까고 취하여 죽고 만다한들

당홍 물결의 강을 연어는 왜 두려워하리!

나방 한 마리 돌아와 퍼덕거린다

마침내

나비로 변태하여 비상할 놈이 퍼덕거린다

나는 왜 그리워만할 뿐

돌아와 네게 퐁당 빠지지 못하는가

허물

아침 이슬 밭에
비단뱀 허물이 반짝였다

조금 전까지 생명의 보자기였던
몸뚱아릴 길게 감아 쌌던 스카프였던

금방 온기가 돌 것만 같다
한번 깨고 나온 알집으로 다시
돌아올 수 없는 것이지만

내 허물들은 어디서
내 모가지를 그리워하는 걸까

이 스카프를 집어 찔레꽃 우듬지에
깃발처럼 걸어두었더니
모가지야,
어디 있느냐
뒤에서 찾는 소리가 들려왔다

겨울바람 속에서

겨울이 되면 너 나 없이 가난해지는 탓에 눈이 밝
아졌다
지난 봄 전정을 해주었던 느티나무 둥치에서
애기 팔뚝만 한 햇줄기 하나가
내 눈 속을 푹 찌르며 뻗어나왔다
겨울나무 둥치는 회색 절벽이었다
해탈한 사리였다
절벽을 찢고 삐져나와 사리의 해탈을 벗겨내는
새순은 위험한 것이다
제 몸에 꿀을 바르며 벌과 새들을 불러 모으는
이파리는 위험한 것이다
겨울 사람들은 새삼 한해가 빠르다며
얼음장 밑의 가슴들이다
세월을 물처럼 허송했다며 쌓이는 눈을 뭉쳐 쌓는다
세월을 바람처럼 날렸다며 납덩이를 가슴에 안는다
나는 이제 새순처럼 위험하게 살겠다고 결심한다
무쇠 전정가위를 붙든 하얀 힘줄에
팔뚝 만한 가지 하나 뻗어나지 않겠느냐
절벽에 사리 한 톨 들어박히지 않겠느냐

풀잎

광주 중앙초등학교 뒷문 쪽

아스팔트 길 위에 누워 있는

흰 글씨 〈진입금지〉

그 틈새에 풀잎이 비집고 서 있다

자기는 아슬아슬 푸르다고

비집고 섰다

한 포기 민들레

어느새

노란 꽃 한 송이 받들고

세상을 불러 세운다

무제

나무 십자가

꽃바구니

까만 비석,

별이여, 비석 위에 기대어 외로이 빛나거라

씨앗이여, 십자가 아래서 부활하거라

꽃이여, 아미타 세상의 소식을 전하거라

사랑의 무덤이여

제4부

맞짱

모든 핏줄은 심장에서 움텄다

피는 심장으로 흐른다

길은 내게서 시작된다

내가 걷는 길이 길이다

우주가 잠기고도 남을 만한

거대한 거울이 앞에 놓였다

그 안에 아무것도 비추이는 것이 없었다

드러난 것이 없었다

존재가 아니었다

거대한 거울 앞으로 내가 걸어 들어섰다

그러자 이것은 비로소 존재가 되었다

나는 얼마나 빛나는 길인가

두 다리로 일어서서 걸었다

맞짱을 떴다

들녘에 서서

입조심하거라 풍년 들겠다
햇살의 젖을 한껏 빨아 탱탱 영그는 나락
모가지의 달콤한 무거움아!
내게 어리석고 유치한 청춘이 있었다
하늘로 키만 커 올랐을 뿐
사랑의 젖을 만들지 못했다
너 가벼운 숨결만 뻗쳐 올린 쭉정아!
내게 키다리병같이 미친 청춘이 있었다
원숙의 절정으로 물결치는 들녘에서
고개를 숙이지 못한 모가지처럼
나는 흔들리는 쭉정이로 섰다
터질 듯 젖이 탱탱한 들녘에
입조심하거라 풍년 들겠다
나락 모가지의 황홀한 무거움아!

병상일기

알 수 없는 바람 불어쳐 머리칼이 뽑히네
파리한 몰골 어두운 동굴로 은신하였네
침상 밑에 수북이 깔린 약 봉지들
느린 정맥의 강으로 흘러드는
희미한 샛강을 올려다보았네
정의되지 않은 배설물이 느리게 움직일 때
짐승들이 검은 주름의 수면을
핥으며 샛강으로 기어드는 것이 보였네
초췌한 수염, 가늘어진 지팡이, 해진 모자는
다가와 안목을 위로하는 아직 내 친구들일세
이 원형질들이 차가운 벽에 제단을 쌓았네
짐승의 무리는 잠시 후 돌아섰네
아, 횃불은 오래 타지 못하였네
고약하고 역겨운 냄새로 침상은 어두워라
핍진한 정신의 굴뚝이 내뿜는 슬픈 화학이여,

분신

나는 난초이고 솔이고 참나무이고 네가 상상하는
모든 식물이다

나는 생쥐이고 토끼이고 붕새이고 돼지이고 네가
꿈꾸는 모든 움직이는 생물이다

나는 대장균이고 호랑나비이고 흑국균이고 토종벌
이고

네가 보는 것과 네가 보지 못하는 무수한 모든 것
이다

우선 네게 보이는 것들을 등고선으로 그어보라

다시 그 관계를 서로 연결하라

어렴풋한 모양의 존재가 드러나고야 말 것이니

머리, 고독, 가슴, 사랑, 눈동자, 유혹, 날개,
꿈⋯⋯

난초이기도 하고 붕새이기도 하고 흑국균이기도
하고

아무것도 아니기도 하고⋯⋯

이것이 너 아니냐!

네가 볼 수 없는 무한한 것까지 함께 담고 있는 존
재 아니더냐!

참나무

구부러질 대로 구부러진 강인한 뿌리는
잠자는 시원의 흑암층까지 더듬어서
냉엄한 생존투쟁의 근원을 찾기까지
당차게 뻗어 내렸다
거기서 우주의 기름진 정액을 마신다
생명은 이 마알간 빛의 의지
나는 버텨 서서 두 팔 벌리고 하늘을 가른다
내 커다란 몸집은 그럴 만한 우주
보라 왁스로 육각의 집을 짠 왕벌들
가랑이에 보금자릴 튼 다람쥐들
잔가지를 흔들며 희롱하는 산까치들
그들은 나지막이 말한다
우리는 평생 서로 사랑하지만 배반하며 산다
우리는 우정을 이용하여 정복한다
나는 이들을 품에 안은 채 고뇌한다
가지는 부러지고 헐벗어도
두 팔 벌리고 버텨 서서 하늘을
가르고 바람 우는 당찬 참나무다
나는 생존투쟁의 현재이다

친구들

사람의 집을 짓는 건축가들,
황량한 일터로 걸어가는 노동자들,
북방 바다의 빙산 파도와 싸우는 항해가들,
에베레스트의 고공 빙벽을 등정하는 알피니스트들,
이들이 내 친구들이다
내 사랑하는 세상이다

만나고 이야기하고 사랑하고 헤어진다
초원에 핀 백화방초,
나무 가지에서 우짖는 때까치들,
심지어, 쇼윈도에 진열된 매춘 아가씨들,
조롱에서 말씀을 학습하는 앵무새,
나의 대학생들,
이들이 내 친구들이다
내 사랑하는 세상이다

만나고 이야기하고 사랑하고 헤어진다
일상적 반복과 안전한 즐거움까지

미세플랑크톤도 벗이다

나는 바다에서 기지개를 켜고

산악을 넘어 도시의 뜰에 올라섰다

인슐린 시간

콜록콜록, 장모님은 여지없는 노인이다
누군가 사람을 모질게 망가뜨렸다
내 장가들었을 때만 해도 건강 중년이었다

아침마다 인슐린 주사를 놓아드린다
양팔, 양쪽 볼기짝, 그리고 복부 좌우 중 세 곳,
이렇게 해야 일주일 빨간 불이 모두 꺼진다
이것이 인슐린 시간이다

인슐린 시간은 부끄러움을 모르고 쳇바퀴 돈다
근육을 야금야금 갉아먹고 가죽만 남기고도 염치
를 모른다
비늘 선 살가죽에 박힌 주사 자국이 시간의 나선을
타고 기우뚱거릴 뿐
누군가 사람을 이렇게 모질게도 망가뜨렸다

관악산 철쭉꽃을 언제 보았던가
콜록콜록, 눈가에 진물을 흘리는 세월이

아슬아슬하게 양쪽의 균형을 잡고 있다
아침마다 주사를 놓아드리면서 그 놈 상판을 본다

기내에서

- 1988. 3. 5 미국 포틀랜드행 NW

하나가 보채면 다 따라 보채는

하나가 울면 다 따라 울어제끼는

미국으로 입양 가는 핏덩이 일곱

입양신고 울음 운다

저 아래 땅이 엉엉 울었던 것을

이제 하늘이 공중에서 되받아 컹컹 운다

엄마 손잡고 나들이할 때

손 떨어지면 호랑이같이 달려드는 무섬증에

난 엄마 품속에서 흐느껴 울었다

울다 젖가슴 속에서 나비처럼 잠들었다

아르바이트 보모들이

요람을 손보고 어르고

젖병을 물리지만 핏덩이 입양신고는

그치지 않고 울음의 에테르를 건너간다

울음의 강에 탑승객들이 가라앉았다

만상萬像이 숨 가쁘다

눈물은 울음을 넘어버렸다

이 손 떨어진 울음은

어느 강으로 흘러들어 잠이 들까

멀리 가는 향기

한 사람이 잠들었다
근조 화환이 단아하게 꽃집에서 피어난다
산둥반도에서 오동나무를 잘라 널판자를 켠다
무슨 기별인가
대문 밖에는 조등弔燈이 내어 걸린다
짐수레꾼은 벌떡 일어나 역으로 간다
산하를 돌아서 지관地官이 돌아온다
곡하는 소리 잠깐 들린다

호적에 오르는 붉은 줄

비로소 영혼 바깥
깊은 집에 불이 켜질 때까지

불미나리

올해가 몇 해인가 오뉴월 뙤약볕에
붉은 미나리 캐러 나왔습네

이것을 짓이겨 검푸른 물을
가쁜 숨을 멈추고 단숨에 들이켜
붉게 단 쇳덩어리 담금질하듯
시뻘건 속가슴 퍼렇게 물을 먹여
보고 싶은 마음을 다스려왔네

사람들은 내 미나리 약발 선다하네
두꺼비 입에서 내쏘는 독물 같이
내 손톱에 드러난 불미나리는
생사의 이별로 그을린 가슴에
모르면 몰라도 약발은 받겠지요

오뉴월 뙤약볕에 불미나리 캐러 나왔습네
마파람 높새바람 핥고 남은 마음터엔
불미나리 허리 같이 시뻘겋던

아직도 내 새끼들의 닳고 닳은 환영幻影
붉은 포연砲煙에 드러나던 창백한 조약돌들
부돌아, 부섭아, 복순아,
너희 깨진 이마에서 푸른 피가 툭툭 튀었구나!

아, 어미는 이 돌들을 가슴에다 묻어왔네
사십년을 뙤약볕 오뉴월의 불미나리로
붉게 단 쇳덩어리 담금질하여 왔네
홀홀단신 시퍼러이 물이 든 심장이여!
너희들은 어디에 살아 묻혀 있기에
불미나리 네 허리는
해마다 요렇게도 붉더란 말이냐

화장법

애모의 열풍에 누덕누덕 녹아내려도
홀딱 벗어도
거추장스럽지 않을 잠자리 옷을 걸칠 것
이카루스의 날개를 달 것
차갑게 추락할 것
얼음의 여신의 머리에 크리스탈 메탈을 씌울 것
개미허리까지 쪼아내는 두 태양에는
흰머리 독수리의 깃털 아이섀도를 바칠 것
폭포수와 화약은 가슴에 숨길 것
너의 대지로 추락해야 하는 운명일 바에야
제일 나중에 연지 곤지를 찍고 바를 것
입술이여, 이제 바보 엑스터시하자

혼불

상처 난 몸을 끌고 어머니의 자궁으로
돌아가는 축제의 불꽃이여!

나는 불이다 흙이 아니다
땅 속에다
나를 가두지 말라

사막을 달리는 회오리바람으로
절대자유의 혼불을 놓아라

나뭇단에다 질러라 뜨겁지도 차갑지도 않은
불을 질러라

붉은 노을 질펀한 저녁 하늘
산을 돌아 흐르는 안개

불을 질러라,
활활 타는 해탈!

천년도 전에

아름 아름드리 하늘 받들고 선 느티나무
그늘에 앉아
여름 한낮 나무 끝 가지를 치어다본다.
이렇게 나무를 심어 키운
그 분의 입김이 문득, 서늘하다

먼먼 그때 여름 한낮을
나무 끝, 끝까지 올라갔던 분
천년도 전에 만년도 후에
나무의 제자리를 준비했던 분

일어나라 그늘이여,
한 그루 나무를 심으리라

먼 훗날

내 저고리는 닳아 폭삭 삭아지고
청학동 노루는 흰구름산白雲山 건너다보네
거기서 우리
한 백년 푸르게 살겠네
사슴은 평화의 깃대를 높이 세우겠네
멧새들은 자유의 날개를 높이 펄럭이겠네
내 푸른 백골의 안식을 노래하겠네
먼 훗날 먼 훗날
나는 파르라니 은빛 물결로 일어나
처얼철 휘돌아 제 몸 씻는
푸른 섬진蟾津으로
뚜벅뚜벅 걸어 내려오리니
한 몸 강이 되어 흐르겠네
강, 강에는 하이얀 하늘이 푸르게 열렸네
산, 산에는 푸르른 하늘이 하얗게 열렸네

눈맞춤

보아라, 보아라, 돌배나무
가지 끝 꽃송아릴 보아라
아조 아조 옛날에
햇살 비단실 같이 곱던 날,
그만
마음 빼앗기고 말았던
그때
그 눈맞춤을 보아라
꽃잎은 어지러이 바람에 날린다
아조 아조 먼 훗날에
눈 맞춰 둔 채

봄꽃 등고선

섬진강물에 안겨오는 백운산 매화 언덕

산동 지리산이 밀어올린 산수유꽃 하늘 동네

쌍계사 십리벚꽃 화엄의 장터

목포 유달산 개나리 꽃바다

드들강변 유채꽃 극락의 피안

영취산은 철쭉꽃 화관 썼네

우리 집 담장 밑 제비꽃보라

오늘 사랑하는 당신이여!

사랑은 짧고

머물 수 없는 곳까지

너를 사랑하였다

없었거나

텅 비었거나,

순간이

억겁을 잡아 먹어치웠다

내빼라, 사랑아

제5부

낮잠

철쭉꽃밭에서 꽃잎을 한 입 물고 참새는 발갛게 날
아오르네

라일락 작은 숲을 흔들며 까치는 보랏빛 향기를 팔
고 있네

멀리 참나무 숲엔지 소나무 숲엔지 소쩍새는 다정
하게 짝을 부르네

잉그락 불에 입술을 데인 이사야처럼

당신의 젖가슴에 볼을 데었네

사랑의 뼈대

잎이 지면서 뼈대가 드러나기 시작했다

아스팔트의 낙엽들처럼 나는 내몰렸다

눈이 쌓이면서 뼈대가 도드라지기 시작했다

결빙과 해빙의 허방에서 나는 헤맸다

무너져 내린 현장의 공중으로 삐져나온 에이치 빔
처럼

아픔의 도드라진 뼈대를 속으로 갈무리하였던 것

사랑은 늘 이런 식이었다

속으로 꽉 들어차서 드러나 보이지 않는 것

살을 찢어 속에 품었다 내 사랑의 뼈대

숨구멍

어떤 공간에서 사랑은 가능할 것인가

스티로폼 공장의 매연

매몰된 탄광의 산소 결핍

대구 지하철 화재

에베레스트 초모랑마봉의 빙벽

띠엔지엔행 여객선에서 지낸 밤들

지금 너를 생각하면 숨이 멎는다

독가스 흡입

산소 결핍

체온 급락

서서히 사그라지는 눈물의 불꽃

어떤 공간에서 사랑은 살아남을 것인가

너는 나의 모든 공간이다

너는 나의 모든 시간이다

지상에서

한 발자국도 뗄 수 없는 사랑이 있다

나의 숨구멍을 열어다오

너는 나의 숨구멍을 제발 열어다오

메두사

별이 낳은 괴물이 있다. 가정을 넘어서, 가족을 넘어서, 부부를 넘어서, 나를 넘어서는 작업과 노동이 있다

나는 내 속에 있다. 아내와 함께, 가족과 함께, 가정 안에 머문다

꽃이 항상 꽃이 아니듯이, 열매가 언제나 열매일 수 없듯이, 메아리가 곧 사라지듯이, 별은 변화의 그릇이다 별이 폭발하는데 사랑은 어쩔 텐가!

아내는 나를 문 밖에 두고 안에서 잠가 버렸다 너와 내 사이 통로와 출입문은 잠겼다

페르세우스는 메두사의 목을 노략질한다 내 눈이 밝아지는 날, 다 죽음이다 상상이여 슬퍼하라!

메두사의 시각은 사망이다

페르세우스는 눈이 밝다 그 눈 속에는 가정, 아내, 가족, 그리고 전쟁, 승리, 영광, 그리고 사망과 확신이 비친다

나는 사랑을 위해서 났다 메두사와 페르세우스를 찬미한다

나는 내 안에 있다 태양빛이 들지 않는 해저에서
수분을 하는 놈이 있다 통로와 출입문은 잠기고 단절
되었는데, 정액을 뿌리는 놈이 있다
　눈이 밝은 페르세우스여, 너는 메두사의 종이 아
니냐!

사랑의 찬가

1

나의 갈비뼈여, 가장 고독한 별이여!

우린 사랑의 마차를 타고
북극성을 바라보며 달렸다
푸른 바다와 펼쳐진 들판
훈풍은 재촉하며 어여쁜 꽃들을 피우고
밤은 빛과 애정으로 넘쳤다
풀무는 언제나 바람을 일으키고
무쇠는 녹아서 여러 모양의 연장이 된다
풀무보다 무쇠가 더 불타는 것이
청춘!

2

청춘이여, 젊음의 향연이여!
무엇을 붙잡아야할꼬
너의 젖가슴에 매달렸지 젖을 빨았었네

나는 고물거리며 젖을 빠는 강아지……
너의 유순한 젖가슴 속의 속으로 들어가면
거기 현묘한 신비가 웃고 있었네

나는 닿으리 그 꽃에 닿으리
그 봉우리에 올라가리
삶의 가장 고결한 장소에 배설配設한
오묘한 진리의 거울 앞에
너의 페로몬이 인도하는 바람결 따라 닿으리

육체의 즐거움이여!
끊임없이 불러 출렁이는 젊음의 페로몬
그 욕정의 뱃속에서 그것은
너무 짙어서 행복한 불안일레라
아, 너의 통통한 젖가슴
나는 고물거리며 젖을 빠는 강아지……

3
청춘이여, 큐피드의 화살이여!
수양버들 가지에 새움 돋아난다
풍조風潮 따라 해초는 푸른 빛을 산다

그러나 무쇠는 녹이 슬고
연장은 형체를 알아볼 수 없네
풀무 속 사랑이여, 다시 폭발하거라
시들은 젖가슴을 붙잡고 바라노니
유방이여, 우주를 밀고 올라오는 새움이 부풀어 터
지듯
한번 더 젖을 채워주게
왜 갈증으로 다시 목말라야 하는가
왜 샘은 더 이상 솟지 않는가
자연이여, 내가 여기 있다 풀무 속에
바람을 일으켜라
불을 지펴라!
돌아보면, 바람은 넉넉하고

태양은 여전히 뜨겁구나
우리의 쌍두마차만 녹이 슬었네!

4

골짜기의 물은 여전히 급히 흘러 대양으로 간다
큰강은 조심스레 배를 실어 나르고
장미꽃 새삼 아름답게 빛나네
소나무 그늘의 상쾌함이여,
매미들은 갖은 음색으로 여름을 찬미하네
실로 자연은 그대로다
하느님의 만물은 언제나 그를 우러른다

석양의 황홀함이여, 새벽의 경건을 이야기하네
사랑이여, 우리의 마차는 다른 것이 되어 있네
이제 봉우리에서 그대로 봉우리가 되세
거울 앞을 떠나세
영혼이여, 만물은 여전히 하느님을 우러른다

사랑이여, 육체의 싸움은 이제 끝나가네
다른 풀무 다른 연장으로 벼려져야 하네!
우린 단 하나의 승리를 허락 받았네
사랑의 찬미일세

패스파인더에 부치다

- 패스파인더Pathfinder : 미국이 발사한 화성 탐사 우주선. 7년여
  의 여정 끝에 1997년 여름 화성에 안착하였다. 길 찾는 나그네,
  구도자.

1

나비 사뿐히 내려앉다 화성의 바다

생경한 씨앗의 폭발이다

우주 새벽의 신령한 노래이다

낱낱 원소 거친 먼지의 회오리

친매親媒의 혼돈이다

사랑이 되랴 죄를 낳아주랴

사랑이 되랴 죄를 낳아주랴

흑암의 빛이 불탔다 말씀이 불탔다

빛이 울리고 어둠이 빛났다

밤이 넓어지니 새벽이 형형하다

풀잎 이슬에 담겨오는 창공이여

풀잎 생명이 뿌리박은 대지여

물이 흐른다 구름이 흐른다 바람이 흐른다

시간의 탄생, 물질을 불러내는 힘

시간의 탄생, 인류를 부르는 약속
패스파인더, 나는 본다 거대한 눈이 본다
생경한 씨앗의 폭발이다

2
용암이 튀고 암석이 무너진다
아비규환 아우성이다
엎질러진 물일세 불일세
소복 여인의 단아한 머리칼 천지를 뒤덮는다
한번이나마 태양이 빛을 잃었던 적이 있었던가
오뉴월 서리 푸른 청상과부의 서슬이다
화산의 분노여,
박살나버린 젖빛 우유 항아리일세
미동조차 마다하는 바다일세

3

　지구의 터를 마련하기까지는 45억 년의 바람이 있었네 바로 그때 코아세르베이트coacervate가 생겨나고 다음 에오비온트eobiont가 되어서는 이것이 절로 세포가 되었다네 이것이 수십억 년의 일을 뭉뚱그린 이야기라네 그러면서 우리 사람도 단단한 모양을 갖게 되고 신화도 제법 알찬 짜임새를 갖게 되었네-모든 것을 사실史實로만 짜맞춘다면 사실事實을 짜맞출 수 없는 세계, 우리의 위대한 과학이 관용을 베푸는, 대자연이 이렇다네 우리는 대자연보다는 과학에 무한 신뢰를 보내야 하네

　아담과, 이브의 뼈와, 무화과 이파리가 묻혀있는 우리의 실낙원이 더러 그립지 않나 마땅히 지혜를 탐냈던 우리 할머니와 먹음직한 사과알과 뱀의 달변의 허구가 그립지 않나 덩치 큰 짐승 브론코사우르Broncosaur와 함께 금남로를 어슬렁거리고 싶지 않나 시조새의 부러진 날개를 치료해주고 네안데르탈인의

헤모글로빈과 핵산을 분석하고 신시神市에 내리는
"밝"의 양자量子를 헤아려보고 싶지 않나

　흑암 가운데 묻힌 것들을 겁내야 하겠네 우리 앞에
드러나지 아니하는 것들 모양 없는 것들 공허한 것들
더러운 것들을 무서워하겠네 이제도 흑암 가운데로
묻혀가는 것들을 두려워하겠네 돌이 되어 선 하루망
웅녀熊女 매운 마늘 웅녀는 신시神市의 안주인으로
"밝"에 환생한다면, 아담과 이브의 복낙원復樂園 한다
면, 흑암 가운데 것들 어두운 것들을 겁내겠네

　4
　짐승은 짐승의 길을 살고 초목은 초목의 길을 산다
　풀잎은 풀잎의 길을 갈매기는 갈매기의 길을
　시간의 외길을 걸어 나가는 아들이여
　패스파인더, 나는 에덴의 추방을 기억한다
　시원의 혼돈이 멀리 그립다

빛과 어둠이 서로 꽉 껴안았다
삶과 죽음이 서로 꽉 껴안았다
패스파인더, 나는 바벨탑의 노역을 기억한다
이 길과 저 길이 서로 꽉 껴안았다
모두 한길을 산다
순아 돌아 그리고 상아

5
너는 시간의 원형질을 날아오른 나비라
너의 빛은 지상 생명이 바치는 향기라
여름날 배롱나무 꽃은 보랏빛이다
첫사랑의 햇눈물은 어디로 흘러가는가
바다가 푸르른 것은 첫사랑의 풀잎이 다 바다로 흘
러드는 탓이다
하늘이 푸르른 것은 세상 꽃잎이 다 하늘로 날아오
르는 탓이다
순아 돌아 그리고 상아

세상은 다 바다라 풀잎이라
세상은 다 하늘이라 꽃잎이라
여름날 달맞이꽃은 돗도리鳥取 사큐砂丘의 그늘에
피어 있느냐
누가 내 사랑을 울리느냐
죽음 너머, 시간 너머, 혼돈 너머, 예술 너머,
항차 빛이 울리고 어둠이 빛났거늘
말머리를 트는 일이 얼마만이냐
화성의 끄트머리 바다에 나비 사뿐히 내려앉는다
아름다운 낱낱 원소 거친 먼지의 회오리
친매親媒의 혼돈을 넘어 우주 새벽의 신령한 춤
사랑이 되랴 사랑이 되랴
죄를 낳아주랴 죄를 낳아주랴

6

어느 시대나 시대의 전근대적 현대인과 초현대적
현대인과,

초첨단적 전위적 예술과 과학과 철학과
전근대적 곰팡이 예술과 과학과 철학과
거룩한 구세주들과 미혹한 무명無明 어린양들,
일류와 이류와 삼류들,
어느 시대 어느 곳에서나,
그 안과 밖에서,
푸르뎅뎅 역사를 걸어가는 것
새벽같이 미래를 걸어가는 것
살아가는 것이 죽어가는 문으로 나가는 것이라며,
죽어가는 것이 살아가는 문으로 들어가는 것이라며,
역사의 문으로 살아가는 것이 진보라는 것이라며,
미래의 문으로 죽어가는 것이 보수라는 것이라며,
하지만, 통과의례의 안과 밖에서 달리 보이는 명패
가 있다
이것이 너의 대문이거든
이제 안팎의 명패를 바꿔 다시오
진보의 장강長江을 꿈꿔온 삶, 패스파인더여!
생사의 장강에 형해 없는 문을 쌓아온 삶이여!

양팔을 힘껏 들고 태양을 한 입 깨물어라

7

실험하라, 숨막히는 전투, 죽음을 이기고 고독한
악취를 이기고
사각의 실험대에서 일어나는 도륙
곰팡이, 빨간 토끼 눈, 새앙쥐, 콩이든 O157이든
팥이든 겁 없다
동지同志 패스파인더, 너는 맡아라

나는 피곤하다 피곤이 좋다 나의 전부
나는 시시한 사랑을 좋아하지 않는다 느끼지 않는다

나는 피로를 위한 전투에서 돌아온다 한 차례 60억
마리씩 스물네 번이나 대장균을 잡았다
대장균의 성교?
사랑과 애정은 시장좌판에 많다

행복한 피로는 나의 구원, 완전한 피로를 즐기면서
TV의 문을 연다

아메리카 인디언들이 총맞아 죽는다 나는 발견한
다 그들에겐 무덤이 없다 그들은 다 앗겼다 아메리카
백인들이 봐준 은혜로다
감사하라, 항상 감사하라, 쉬지 말고 감사하라, 범
사에 감사하라, 인디언들이여!
감사하라, 신앙이여! 너의 얼과 넋을 묻어줄 무덤
이 하늘에 있다 너는 결코 죽지 않는구나

수없이 죽어서 나무가 되고 책이 되고 바위가 되고
수학이 되고 불두화꽃이 되고 과학이 되고 화산이 되
고 기계가 되고 또 무엇이 되고
나그네 허무를 찾는 나그네, 대장균들은 무덤이 없
다 그들은 나그네, 페트리디시, 무덤이 없다 패스파
인더? 어림없는 소리, 죽는 것은 나쁜 일, 교회의 회
보에서조차 소천召天을 알리는 칸은 없다

살아있는 것들은 그러므로 죽은 것들의 무덤이다
패스파인더, 죽음을 열어라!
나는 피로하다 투명한 정신이여!

신앙과 땅과 죽음과 무덤과 사랑과 피곤도 잊었구
나 패스파인더

꺼내서 조리를 하자 에테르, 인터넷, 반도체, 엘이
디, 로봇, 메탄, 알코올, 아세톤, 피펫으로 빨아라

자네가 준비한 화성의 먼지와 화성의 생명, 자네를
실어 나른 신문, 초콜릿, 아몬드, 아이스크림, 뇌수,
컴퓨터, 곰팡이, 새앙쥐, 콩과 간과 밥과 항암제, 인
슐린, 광우병, 에이즈, O157, 신종플루, 섹스와 스피
드와 스포츠, 그리고 지속 가능한 농업과 정치, 그리
고 거룩……

인류 동지들은 묻는다 우리 행복한 피로와 투명한
정신을 위하여, 피곤한 손이 '우리를' 성실히 받아주
실 것을 믿으며, 피로의 바늘구멍이 노벨의 다이나마
이트이거나 '우리의' 무덤이 신神의 무덤임을 믿으

며, 과학적으로 믿어보며,
　도대체 대장균의 유택을 마련하자는 것인가!?

　8
　패스파인더여 현대여,
　관측하라 계량하라 측량하라
　분석하라
　조종하라 해체하라
　숭배하라
　나는 과학이다
　나는 기계다
　나는 정신이다
　나는 우주다
　나는 우리다

9

패스파인더, 나는 본다 거대한 눈이 뜬다

패스파인더, 나는 뜬다 산천초목이 본다

순아 돌아 그리고 상아

화성의 바다에 나비 한 마리 앉았다

바다가 푸르른 것은 세상 풀잎이 멀리 바다로 날아
든 탓이다

하늘이 푸르른 것은 세상 꽃잎이 멀리 하늘로 흘러
든 탓이다

죽음 너머, 시간 너머, 혼돈 너머, 예술을 넘어, 상
상을 건넜다

멀리 건너가 꽃잎이 되었으므로 너는 지극히 푸르다

멀리 건너가 정신이 되었으므로 너는 지극히 아름
답다

멀리 건너가 역사가 되었으므로 너는 지극히 가깝다

누가 치앙라이 빠동족의 모가지를 길게 잡아 늘였
더냐

돗도리 사큐에 피는 달맞이꽃은 고독한 별이 아니

었더냐

10
보고하라 패스파인더,
새벽종이 울었다
파도 집채만 한 바다에 한 그루 나무를 심는다
아직 이름 없는 바위 속에 한 그루 나무를 심는다
길이 길을 꽉 껴안았다
모두 한 길을 산다
순아 돌아 그리고 상아,

발 문

디지털시대, '아날로그형 詩'의 생명력
−박노동 시집 『검돌베개 고요쯤에』를 중심으로

김준태시인

농학박사 박노동 교수가 시집을 펴낸다. 대학에서 후진을 양성하면서 농업생명과학 혹은 생명농업연구에 커다란 기여를 해온 그가 『검돌베개 고요쯤에』라는 제목의 시집을 들고 우리들 앞에 새로운 모습으로 다가온다. 찬찬히 읽으면 알 수 있듯이 그가 이번에 펴내는 시편들은 만만치 않은 모습과 내공을 보여준다. 자기만의 내적형식Innere Form과 외적형식Aussere Form을 두루 갖춘 목소리로 잔잔하게 혹은 청춘의 미학과 탄력이 넘치는 음성으로 시를 읽는 이들을 즐겁게 만들어준다.

　올해 나이 만 60세, 이제 학문과 인생의 경륜에 부합하는 그런 위치에 서 있는 자연과학자가 인문주의의 최고 정점인 '시verse 혹은 poem'를 들고 새로이 나타났으니 놀라운 일이 아닐 수 없다. 대체적으로 사람들은 나이를 먹을수록 시적인 혹은 낭만주의적인 감성의 샘물이 마르고 합리주의(이성주의理性主義)적 사고에 크게 의존하게 마련인데 박노동 교수는 그러함에 기울어지지 않는 것 같다. 오히려 그는 그리움, 꿈, 동경, 사랑을 표현하는 어휘들에게도 낱낱이 '날개'를 달아주는 것이다.

　그리하여 이제 박노동은 처녀시집 『검돌베개 고요쯤에』라는 시집으로 한국시단에 얼굴을 내민다. "머리에 흰 머리가 얹히기 시작하니까 비로소 시가 찾아온다." 19세기 러시아 작가들을 대표하는 작가 투르게네프가 60을 넘어서 산문이 아닌 그 유명한 「산문시집」을 펴내면서 말한 것처럼 박노동도 환갑을 맞이하면서 시를 만난 것은 아닐까. 물론 박노동은 젊은 날부터 시 혹은 시작에 커다란 애정을 가져온 듯싶다. 가까이 그를 들여다보았을 때 학술논문을 쓰다가 어느 날 불쑥 시를 쓰게 된 것이 아니라 나름대로 숨은 노력과 내공을 줄기차게 쌓아왔던 것으로 생각된다.

광주를 대표하는 동인지 중의 하나인 '사래시동인'에서 항상 큰 오빠, 큰 형처럼 자리를 지켜오는 그의 행적 등이 그러함을 대변한다. 대학과 각종 연구소에서 중책과 연구를 맡고 있음에도 불구하고 타오르는 시심은 식지 않고 오히려 그의 가슴을 활활 뎁혀 온 것 같다. 그런 점에서 볼 때 그리고 적어도 그의 당당한 처녀시집 『검돌베개 고요쯤에』를 찬찬히 들여다볼 때, 또 하나의 사실이 발견된다. 박노동은 애당초 시를 써서 노래할 수밖에 없는 그 어떤 운명을 가진 것처럼 느껴진다. 시인은 '만들어지는' 것이 아니라 '태어나는' 것이라는 생각을 해볼 때 박노동의 경우도 운명이랄까 숙명에 의해서 시를 쓰고 노래하게 되었다는 이야기가 그것일 터이다.

그럼 무엇이 박노동으로 하여금 시를 노래하게 만드는 것일까? 정서적으로 여러 가지 시적 알리바이가 목격되기는 하지만 박노동의 경우는 '흙' 혹은 흙으로의 정서가 그로 하여금 시를 노래하게 한 것으로 진단된다. 그의 시 전체를 숙독한 결과 그런 느낌과 판단을 얻는다. 예컨대 그의 시편마다에는 산골짜기 '다랑치 논에서 쟁기질하던 아버지'의 실루엣이 그대로 젖어서 흐른다. 온통 땀과 흙으로만 젖어 있는 먼 먼 고향 아버지의 모습! 아마도 천수답만 누워 있을 것임에 틀림없는 '검돌베개' 마을 다랑치 논에서 홀로 "이랴! 이랴!" 소를 몰고 있는 아버지! 박노동은 지금도 아버지의 피가 자신의 가슴을 고요히 적시며 흘러내리는 것처럼 시를 뎁히고 있다.

그래서 박노동의 경우 그의 시의 대부분은 아날로 그적 세계관을 조화롭게 유지한다. 모더니즘(주지주의)과 디지털시대의 지식인답게 과학적 상상력을 가지고 노래한 장시 「패스파인더에 부치다」와 같은 수작도 보여주지만 역시 박노동의 시는 아날로그적 세계관에서 출발한 시가 더 잘 읽혀진다. 기존의 문학 형식을 '친부살해parricidio' 한 보르헤스의 포스트모더니즘 류의 시편들이 한국문학 혹은 한국시에 위기를 몰고 다니는 요즈음, 일단 박노동의 시는 정서적 신뢰와 감동을 준다. 그럼, 흙(대지)의 정서를 바탕으로 하는 박노동의 시 속으로 자유롭게 여행을 떠나보자.

돌멩이한테도 생명의 숨결을 불어넣는다

박노동은 열매 중에서도 가장 작은 '몸'을 가진 겨자씨한테도 우리가 '고개를 숙여야 한다'고 말한다(노래한다). 「구멍」이란 시를 보면 그가 농화학 실험실에서 행한 모습까지를 연상시켜준다. 아니 그가 사

실은 언제 어디에서나 유생물이든 무생물이든 그 어
떤 존재한테도 가까이 다가가서 귀를 기울여주고 그
것들에게 생명력을 불어넣어주는 것처럼 느껴진다.
박노동은 시「구멍」에서 우선 "쬐끔만 허리를 숙여
라"하고 노래한다. 세상의 모든 생명에 대한 모종의
경건주의를 상기시켜주기라도 하는 듯이 결코 큰 것
이 아닌 '작은 것들'의 구멍에도 관심을 가져달라고
권고한다.

그런데 그의 권고는 명령적이지 않다. 주술적이다.
마치 샤머니즘을 생이지지生而知之로 신봉하던 우리네
옛 조상들이 제법 심각하게 말하던 그런 화법으로 박
노동은 아주 작은 것들의 구멍 앞으로 독자들을 인도
한다. "그 하찮은 구멍에 가득찬 힘을 보라/사람과 새
와 짐승과/물과 나무와 공기와 꽃의/서로 나눠온 조
응調應의 파동이/이 어두컴컴한 구멍에서 출렁댄다/
조응의 터전에 열매 열린다/머리 숙여 허리 굽혀 보
아야 하리라"고 되풀이해서 노래한다. 그것도 허리를
굽힘은 물론 머리까지 숙여서 그 작은 구멍 속에서 출
렁대는 생명체의 움직임을 엿들으라는 것이다.

시「구멍」에서 보여준 생명에 대한 경건주의는「돌
감나무」라는 시에서 더욱 구체적으로 드러난다. 남창
골 전남대학교 연수원에서 직접 목격한 흔한 돌감나

무한테서 박노동은 살아있는 나무의 실체 그 에너지
와 혼을 확인한다. '사랑'이라는 말의 다른 표현이기
도 하는 에너지를 통해서 나무가 자신의 가지 사이로
끼어든 돌멩이를 어떻게 받아들이고 있는가를 절절
하게 보여준다. 시「돌감나무」전문을 읽어보자.

남창골 전남대학교 연수원 앞 계단에 서 있는 돌
감나무, 이제 늙어빠진 나머지 그 몸통은 썩을 대로
썩었다 가운데 큰 구멍이 뻥 뚫려서 그 속에 머리통
만 한 돌멩이 세 개가 틀어박혀 있는 것이다 나무는
꼼짝없이 돌밭에 붙들릴 때 살 속으로 파고 들어오
는 이들 피가 돌지 않는 돌멩이를 밀쳐내려고 몸부
림치다가 마침내는 제살로 품어내고야 말았던 것인
데, 내 친구 허벅지 뼈에 박혀 있는 꺾쇠 세 개처럼
이것들이 이젠 썩어빠진 허리를 받쳐주고 있다 그
래서 대학생들은 감나무의 이 마음 하나를 만져보
는 것만으로도 그런대로 연수를 다하곤 하였다

—「돌감나무」

지난날 누군가가 장난으로 혹은 주술적 의미에서
가지와 가지 사이에 돌멩이를 넣어두었는데 시간이
흘러 그만 그것이 '나무와 한 몸'이 돼버린 것이 아

닌가! 바로 이와 같은 모습을 놓치지 않고 박노동은 기막히게 노래하고 있는 것이다. "나무는 꼼짝없이 돌밭에 붙들릴 때 살 속으로 파고 들어오는 이들 피가 돌지 않는 돌멩이를 밀쳐내려고 몸부림치다가 마침내는 제살로 품어내고야 말았던 것"이라고 노래하는 대목에서 시를 사랑하는 사람들이라면 누구인들 무릎을 치지 않을 수 없으리라.

특히 나무가 돌멩이를 "제살로 품어내고야 말았던 것"이라는 구절이 읽는 이의 마음을 오랫동안 붙잡아 놓는다. 나무가 돌멩이를 제살로 품어내어 자신은 물론 돌멩이까지를 키워내는 일은 정녕코 숭고함 Hochheit의 극치가 아니고 무엇이랴 싶다.

부언하자면 이번에 펴내는 박노동의 처녀시집에서는 잘 읽히는 시편들이 많아서 즐겁다. 「진흙」, 「경주남산」, 「웃음엣소리」, 「약사발을 들여다보면」, 「발자국」, 「낙화」, 「개오동꽃」, 「예초리 가는 길」, 「후박피 벗기는 여인」, 「무제」, 「들녘에 서서」, 「기내에서」, 「불미나리」, 「낮잠」, 「메두사」, 그리고 이 글의 본문에서 조금씩 다루고 있는 「돌감나무」, 「솔티재 소나무」, 「검돌베개 고요쯤에」 등의 시편들은 아날로그형의 시다. 시의 정공법을 크게 벗어나지 않고도 시에 새로운 감동과 참신하면서도 안정된 미학을 제공하고 있다.

잠시 사족인데 아무래도 나의 경우도 아날로그적 경향을 유지하는 시편들이 마음에 와 닿을 수밖에 없는 것 같다. 『위대한 개츠비』를 쓴 미국의 소설가 존 핏체랄드가 톨스토이와 도스토예프스키의 소설을 말하는 자리에서 이들의 아날로그적 소설작법은 영원히 살아있을 수밖에 없다는 점을 말한 적이 있는데 나도 그의 말을 믿는다. 핏체랄드에 따르면 누보로망 계열의 소설이나 포스트모더니즘 류의 소설은 아직은 풀어야 할 문제가 더 있어 보인다는 것이다.

박노동 시의 키워드는 고향과 농부인 아버지

18세기 독일의 낭만주의 시인 횔덜린은 "시를 쓴다는 것은 고향을 재발견하는 일이다"라고 말한 바 있다. 그리고 러시아의 '마지막 농촌 시인'이라고 회자되는 마야코프스키는 "그 시인의 시를 진정으로 이해하기 위해서는 그 시인의 고향을 한번쯤은 가봐야 한다"고 이야기한 적이 있다. 농촌출신인 박노동, 그리고 농학박사 박노동 교수의 시편들을 읽을 때 더욱 그런 느낌을 받는다. 이번에 펴내는 그의 처녀시집 『검돌베개 고요쯤에』 속에는 그의 '고향'이 여러 가지의 음색과 뉘앙스를 담고 있는 것 같다. 물론 시의 밑바탕에서는 한반도의 어디에서나 발견되는 우리네

전통적인 '농경사회의 건강한 생체험'이 고스란히 엿보이기도 하여 즐거움을 더해준다. 특히 박노동의 낙천주의적 시정신이 곳곳에서 드러날 경우 읽는 이는 에너지를 부여받는다. 시문학이 보여줄 수 있는 정서적 에너지를!

그러나 그런 시편들 가운데서 우리의 슬픈 역사가 마치 한밤중의 반딧불처럼 어떤 비극적 색체를 발하면서 날고 있을 때에는 가슴이 무거워짐을 차마 물리치지 못한다. 아마도 「솔티재 소나무」와 같은 작품들을 읽을 경우 더욱 그런 느낌이 들게 됨은 어찌 나 혼자뿐이랴 싶다.

지리산 사방둘레 800리, 주변 촌락들을 생각해 보자! 한 서린 역사의 현장에서 사라진 넋들이 과연 얼마만큼이나 되는가. 남녀노소 가리지 않고 쏟아진 총탄에 쓰러져 간 어두운 역사, 박노동의 고향도 예외는 아닐 것이다. 먼 시절까지 아니더라도 8·15해방공간과 6·25한국전쟁 당시 수많은 마을들이 어느 날 갑자기 '쑥밭'이 돼버린 것이 아닌가. 박노동은 고향에서의 체험을 어린 시절 소년의 눈으로 되살려내면서 가슴을 쓸어내린다.

호암 마을의 어깨쯤 되는 솔티재 위에 약간 틀어

앉은 늙은 소나무는 늘 땀을 흘렸다 그해 가을에 진
주에서 밀고 들어오는 군인들과 여수에서 밀고 나가
는 군인들이 M-1총을 가지고 한국전쟁사의 S자 커
브 전투를 쓸 때부터 찐득찐득 호박 땀을 흘려댔다

어른들은 가랑비가 내리는 날이면 종종 귀신에게
쫓겨 돌아와 며칠씩 헛소리 헛소리 지르며 앓아대
곤 하였다 불개미집골에서 귀신에게 쫓겨 낫이고
바지게고 다 버리고 걸음아 날 살려라고 얼마나 줄
달음칠 때, 귀신이 손만 내밀면 잡힐 것 같은 오싹
한 순간, 그 소나무가 눈에 비치면 그만 귀신이 안
보이더라고 하였다

누구도 귀신에게 쫓겨본 적이 없는 우리들은 불
개미집골에 소 먹이러 가서는 소는 소끼리 먹고 놀
고 우리는 우리끼리 여름 한나절을 뒹굴며 잘 쏘다
녔다 그러다가 우린 개똥이가 넘어진 자리에 넘어
지고 또 넘어졌다 와, 거기, 녹슨 철모와 수통과 삭
아빠진 혁대와 군화들이 벌적하게 널려 있었다 푸
석한 해골들이 허옇게 박치기하고 있었다 어른들은
그게 빨갱이라고 일러주었다 우린 해골바가지를 더
러 걷어찼다

솔티재 소나무는 겨울에도 울었다 읍에 주둔한
군인들이 새벽같이 솔티재로 출동하여 연막탄을 터
뜨리고 빨갱이들을 무찌르는 연습을 해댈 적마다
소나무 몸에는 총알 자국이 늘어갔다 허연 뜨물 같
은 눈물을 토하는 것이었다 우리는 학교에 지각하
는 게 슬퍼서 울었다

솔티재 소나무는 이제 이 세상에는 보이지 않는
다 남해고속도로에게 길을 내어주었다
— 「솔티재 소나무」

'슬픈 동화' 처럼 전쟁의 기억을 얘기해 주고 있는
솔티재 소나무, 박노동은 이제 그 소나무가 "세상에
는 보이지 않"고 길게 뚫린 "남해고속도로에게 길을
내어주었다"고 전하고 있다. 사람들의 기억에서조차
멀리 사라졌다는 것을 이미 사라진 솔티재 소나무를
통하여 조용히 들려주고 있는 것이다. '이야기시(스
토리포엠)' 의 형식을 빌려서 담담하게 들려주는 이와
같은 시편은 역시 박노동 시의 특징과 체형을 잘 유
지해주고 있기도 하다.
그리고 이번 박노동 시집에서 가장 상징적인 인물
은 고향의 논밭을 일구며 살다간 그의 아버지일 것

같다는 생각이다. 아름답게 읽혀지는 시 「꽃 너머 꽃」에서 박노동은 저 꽃들 너머 꽃을 아버지로 환생시켜드리면서 무덤의 잔디가 푸르게 자람을 놓치지 않는다.

"눈발 속에 매서운 이월 매화/보랏빛 초롱꽃의 빛나는 사월 오동/저 꽃들 너머 꽃은 무엇일까//아버님이 오월 돌아가셨다/때마침 비가 내렸다/잔디가 푸르게 자라 덮었다." 박노동은 그가 특별하게 좋아하는 꽃들, 가령 이월 매화를 거쳐 사월의 오동꽃 너머에는 살아생전 농부로 건장하게 살았던 아버지가 자신을 가까이 바라보고 있는 것으로 생각하는지 모른다.

1
아지랑이 속에 흔들리는
이랴! 이랴!
아버지의 출렁임
긴 이랑으로 펼치다
뒷발질 앞발질 씨앗을 덮어 묻는
갓난 송아지의 난장판이다

2
동네 어귀 시냇가 팽나무 그늘 속에

아버지의 노곤한 졸음이

검돌베개 고요쯤에 계시다

반짝이는 나뭇잎들

햇살을

오지게도 타고 놀 때

3

솔티재 너머 서 마지기

논두렁 높아

콩깍지 튀는 소리

놀란 까투리 날아오른다

아버지 나락 등짐

노랗게 재를 넘을 때

4

장작 패는 아버지의 아침 마당

터억! 좌악!

가슴팍 땀의 실핏줄,

마당 귀영치에

까칠한 싸락눈이 풀썩 튀었다

−「검돌베개 고요쯤에」

사후에 아버지를 시와 노래 속으로 모셔오면서 썼을 「검돌베개 고요쯤에」는 박노동 시의 좌표, 본향, 본바탕Natur을 보여준다. 고향마을 검돌베개 다랑치 논에서 소를 몰며 쟁기질 하는 아버지의 노동, 그리고 주위에 서늘하게 다가서는 자연풍경은 서양의 유채화가 아닌 동양의 수채화이다. 음악성과 회화성이 동시에 되살아나는 이 시에서 박노동은 평생을 농부로 살았던 아버지를 군더더기가 없는 리얼리즘의 묘법으로 그려낸다.

네 개 연으로 된 이 시는 농부인 아버지의 4계절을 담고 있다. 첫 연은 봄날 송아지가 딸린 암소를 몰며 쟁기질하는 아버지를, 둘째 연은 여름날 당산나무 그늘에서 잠시 낮잠을 즐기는 아버지를, 셋째 연은 콩깍지가 튀는 가을날 볏단을 짊어지고 재를 넘는 아버지를, 그리고 마지막 넷째 연은 싸락눈이 내린 마당에서 긴긴 겨울을 넘기기 위해 땔감으로 장작을 패는 아버지를 그리고 있다. 리얼리즘의 세필이 가해진 이 시에서 박노동은 그가 서정시인으로서 거듭 태어날 수 있음을 예고해주고 있다. "뒷발질 앞발질 씨앗을 덮어 묻는/갓난 송아지의 난장판이다" 같은 대목은 그 장면을 보지 않는 사람들한테서는 나올 수 없는 시구로 절창이다.

내사 오늘은

바다가 싫구먼유

후박피 벗기기 오늘은 싫구먼유

가히 살만하단 섬 가거도 내사 싫구먼유

저렇게 시퍼런 바다

저기 막구석에서 가무작지歌舞作地까지

뒷선창 갯가 물고 핥던 서방님은 어째

돌무덤 하나쯤 딱 빠개고 일어나지 못하셨소

회룡산 봉우리에 고인 내 눈물

아직 마를 수 없는 새벽 우물인 것을

　　　　　　　　　－「후박피 벗기는 여인·가거도 2」

　「예초리 가는 길」, 「후박피 벗기는 여인」 등의 시편에서 볼 수 있듯이 국토순례 길에서 아름다운, 빼어난 노래(시)를 부른 박노동은 한편으로는 범아일여梵我一如 혹은 만물일여萬物一如의 사상으로 접근해 들어가는 시를 노래한다. '우주만물과 나는 똑 같은 하나의 존재이다, 예컨대 우주만물은 모두 하나의 같은 구멍에서 나왔다’ 고 말하고 있는 인도의 우파니샤드 철학과도 맥을 같이하는 시편들을 탄생시킨다. 특히 「친구들」 같은 시가 그것일 터이다.

나무 가지에서 우짖는 때까치들,
심지어, 쇼윈도에 진열된 매춘 아가씨들,
조롱에서 말씀을 학습하는 앵무새,
나의 대학생들,
이들이 내 친구들이다
내 사랑하는 세상이다

만나고 이야기하고 사랑하고 헤어진다
일상적 반복과 안전한 즐거움까지
미세플랑크톤도 벗이다
나는 바다에서 기지개를 켜고
산악을 넘어 도시의 뜰에 올라섰다

– 「친구들」

지구에서 화성까지의 사랑의 찬가

나뭇가지에서 우짖는 때까치들, 심지어는 매춘아 가씨들도 친구라고 생각하는 박노동은 ‘미세플랑크 톤도 벗이다’ 라고 노래한다. 이것은 그가 평생을 연구해온 농업생명과학의 세계와도 무관하지는 않으리라 싶다. "나는 바다에서 기지개를 켜고/산악을 넘어 도시의 뜰에 올라섰다"라고 가슴을 크게 펴고 노래하는 박노동! 이제 그는 「천년도 전에」라는 시에서 "천년도 전에 만년도 후에/나무의 제자리를 준비했던 분//일어나라 그늘이여,/한 그루 나무를 심으리라"고 선언한다.

시적 선언을 하기 위하여 당당하게 높은 나무 위에 올라 사랑을 외친다. "나의 갈비뼈여, 가장 고독한 별이여!///우린 사랑의 마차를 타고/북극성을 바라보며 달렸다/푸른 바다와 펼쳐진 들판/훈풍은 재촉하며 어여쁜 꽃들을 피우고/밤은 빛과 애정으로 넘쳤다"고 노래하는 박노동은 사랑과 상상력의 활시위를 마음껏 당기고자 일어선다. 현대과학에 영원한 생명력을 부여하고자 쓰여진 시 「패스파인더에 부치다」가 그것일 것 같다.

9

패스파인더, 나는 본다 거대한 눈이 떤다
패스파인더, 나는 떤다 산천초목이 본다
순아 돌아 그리고 상아
화성의 바다에 나비 한 마리 앉았다

바다가 푸르른 것은 세상 풀잎이 멀리 바다로 날
아든 탓이다

하늘이 푸르른 것은 세상 꽃잎이 멀리 하늘로 흘
러든 탓이다

죽음 너머, 시간 너머, 혼돈 너머, 예술을 넘어,
상상을 건넜다

멀리 건너가 꽃잎이 되었으므로 너는 지극히 푸
르다

멀리 건너가 정신이 되었으므로 너는 지극히 아
름답다

멀리 건너가 역사가 되었으므로 너는 지극히 가
깝다

누가 치앙라이 빠동족의 모가지를 길게 잡아 늘
였더냐

돗도리 사큐에 피는 달맞이꽃은 고독한 별이 아
니었더냐

10

보고하라 패스파인더,

새벽종이 울었다

파도 집채만 한 바다에 한 그루 나무를 심는다

아직 이름 없는 바위 속에 한 그루 나무를 심는다

길이 길을 꽉 껴안았다

모두 한 길을 산다

순아 돌아 그리고 상아,

– 「패스파인더에 부치다」

폐활량이 높은 호흡과 주지주의적 상상력을 동반하고 있는 이 시는 미국이 발사한 화성탐사 우주선 패스파인더Pathfinder에 바쳐진다. 길 찾는 나그네, 구도자 등으로 번역되는 이 우주선은 7년여의 여정 끝에 1997년 여름 화성에 안착하였는데 박노동은 이 우주선에다 자신의 시적 에스프리를 총체적으로 투사한다. 자연과학의 쾌거인 이 사건에다 인문학적 혹은 문명사적 상상력을 가미한 시 「패스파인더에 부치다」는 박노동의 시적 역량을 유감없이 과시한 작품으로 평가된다.

확실히 그의 상상력과 수사법은 화려하다. 폭포수처럼 막힘없이 쿵쿵 울려 퍼진다. "화성의 바다에 나비 한 마리 앉았다/바다가 푸르른 것은 세상 풀잎이 멀리 바다로 날아든 탓이다/하늘이 푸르른 것은 세상 꽃잎이 멀리 하늘로 흘러든 탓이다/죽음 너머, 시간 너머, 혼돈 너머, 예술을 넘어, 상상을 건넜다" 따위의 시 구절은 그의 활달한 상상력을 대변한다.

그의 시는 인류문명에, 사실은 '인간의 미래'에 거의 저돌적으로 희망을 걸고 있는 것으로 시적 진단이 내려진다. 낙관주의적 세계관, 생명에 대한 경건주의와 애정의 투사投射는 궁극적으로 박노동 시의 터를 넓힌다. 광활한 시의 우주 속으로 끊임없이 자신만의 또 다른 '패스파인더'를 쏘아 올리는 박노동이 이제 비로소 시인으로 탄생하는 것을 나는 축하한다. 그의 패스파인더는 기계가 아니라 '인간'이라는 사실에 유념하면서.

끝으로 덧붙이지 않을 수 없겠다. 박노동의 시집 『검돌베개 고요쯤에』에서 감동의 폭을 넓혀 주는 것은 역시 아날로그에 바탕을 둔 시편들이라는 점이다. 하느님께서 시인에게 바라는 것은 가상의 디지털세계가 아닌 '한 알의 밀알을 더 사랑하라'고 주문하고 있기 때문일 것이다. 순서를 거스르는 디지털세계보다는 물이 흐르듯이 하늘의 섭리(순리)를 따르는 아날로그세계가 오늘의 생명계에서는 더 시급한 숙제이기 때문이다. 생명농업연구에 공헌이 큰 박노동 교수의 '시인탄생'을 다시 한 번 축하드린다.

문학들 시선 009

검돌베개 고요쯤에

초판1쇄 찍은 날 | 2009년 11월 10일
초판1쇄 펴낸 날 | 2009년 11월 13일

지은이 | 박노동
펴낸이 | 송광룡
펴낸곳 | 문학들
등록 | 2005년 8월 24일 제2005 1-2호
주소 | 503-821 광주광역시 남구 양림동 24-18번지 2층
전화 | 062-651-6968
팩스 | 062-651-9690
전자우편 | munhakdle@hanmail.net

ⓒ 박노동 2009
ISBN 978-89-92680-31-8 03810